Arthur Bernède

Landru

Édition : BoD – Books on Demand, info@bod.fr.
Impression : BoD – Books on Demand, In de Tarpen 42,
Norderstedt (Allemagne)
Impression à la demande
ISBN : 978-2-3224-1964-7
Dépôt légal : juillet 2022
Mise en page et maquettage : https://reedsy.com/

Table des matières

Chapitre I : La veuve amoureuse. Le fiancé disparu. Au village de la Chaussée. Ce qu'on trouve dans une ceinture. Chagrin d'amour. Première apparition de Landru.

Le 6 août 1914, tandis que les époux F… achevaient de déjeuner paisiblement dans leur salle à manger de petits bourgeois parisiens, une femme âgée de 39 ans environ, encore jolie et assez coquette, pénétrait en coup de vent et s'écriait bouleversée :

— Je suis à moitié folle !… voila trois jours que Raymond n'a pas reparu.

Cette nouvelle ne sembla pas du tout surprendre autrement le beau-frère et la sœur de Mme Cuchet, car ils échangèrent tous deux un rapide regard d'intelligence qui signifiait clairement :

— Parbleu !… C'était prévu.

Puis, M. F… reprit :

— Tu sais ce que je t'ai toujours dit, ma pauvre Jeanne ; je n'ai jamais eu confiance dans ce type-la…

— Ni moi… appuyait sa femme.

Mais Mme Cuchet, qui s'était laissée tomber sur une chaise, se relevait aussitôt en protestant avec force :

— C'est parce que vous ne le connaissez pas.

— Justement ! ponctuait M. F…

— Somme toute, observait judicieusement la sœur de la belle Jeanne ; comment as-tu connu M. Diard ? Par une annonce qu'il avait fait passer dans, un journal. Quels renseignements avais-tu sur lui ? Uniquement ce qu'il avait bien voulu te raconter… Nous avons eu beau, Pierre et moi, te recommander d'être prudente. Mais tu n'as pas voulu nous écouter… Tant pis pour toi si, après avoir obtenu de ta faiblesse ce qu'il voulait, il a joué la fille de l'air.

— Ce n'est pas possible ! s'écriait Mme Cuchet avec véhémence. Depuis le mois de février où je l'ai rencontré pour la première fois, Raymond ne m'a donné que des preuves d'amour les plus désintéressées et les plus sincères. Il m'a entouré de soins les plus affectueux, et m'a fait faire d'excellents placements d'argent. Si nous ne nous sommes pas mariés plus tôt, ce n'est nullement de sa faute, c'est parce qu'il attend toujours une pièce indispensable.

D'un air sceptique, M F… s'écriait :

— Et il est allé la chercher !

— Ne plaisante pas, reprenait Mme Cuchet. Je suis très inquiète… Il a dû lui arriver malheur !…

Mme F… eut un haussement d'épaules. Mais sa sœur poursuivait avec véhémence :

—Je vous dis que si vous… vous n'avez jamais pu le supporter ; c'est du parti pris ! Mais moi en cinq mois d'existence commune, j'ai pu l'apprécier à son juste mérite. Jamais il ne m'a inspiré la moindre inquiétude, causé la moindre peine ; jamais je ne l'ai entendu prononcer un mot plus haut l'un que l'autre. Il est la douceur et la bonté même… et les moments que j'ai passés avec lui, dans notre petit logement de la Chaussée, sont certainement les meilleurs de ma vie… D'ailleurs, interrogez mon fils ; André vous dira qu'il le considère déjà comme un second père… et qu'il n'a qu'un désir, c'est que notre situation se régularise dans le plus bref délai… Et tout en essuyant ses larmes, Mme Cuchet ajouta :

— Ce n'est pas gentil à vous de me dire du mal de mon pauvre Raymond…

Apitoyée, Mme F… reprenait :

— Voyons, raconte-nous ce qui s'est passé…

— C'était lundi dans la matinée. Raymond me dit qu'il avait besoin d'aller à Chantilly pour faire viser son livret militaire, car, il tenait à être en règle avec l'autorité militaire. Il prit son auto et partit…

— Et après !…

— Je l'attends encore.

— Es-tu allée aux renseignements ?

— Bien sûr… Au commissariat de police, à la gendarmerie, au bureau militaire… Je l'ai demandé partout, et on ne l'avait vu nulle part…

— C'est bizarre.

— Je me demande, s'écriait Mme Cuchet, si Raymond n'a pas été attaqué par des gens qui l'auraient assassiné pour lui voler sa voiture et l'auraient ensuite enterré dans la forêt !

— En plein jour ?

— Tout le monde est tellement occupé par la guerre. Il y a une telle pagaye, que la police ne doit pas avoir le temps de s'occuper des malfaiteurs !

M. F… se prit à réfléchir ; Il aimait beaucoup sa belle-sœur… et appréciait infiniment ses qualités. Restée veuve très jeune, avec un fils à élever, elle s'était mise courageusement au travail.

Confectionnant de la lingerie fine pour une importante maison de Paris, elle gagnait largement sa vie et passait même pour posséder un certain avoir. Assez jolie femme ne cachant pas son désir de se remarier ; la solitude lui était à charge et elle désirait aussi trouver un protecteur pour son jeune fils qu'elle aimait tendrement, et qui était employé depuis 1913, à la Chemiserie Edmond, 34, rue Vivienne.

Au mois de février 1914 Mme Cuchet faisait part à son beau-frère et à sa sœur de son projet d'épouser un M. Raymond Diard, commis ambulant des Postes. Elle s'en était très vite éprise… et bientôt, également, elle annonçait son mariage à son patron. Le 18 avril, elle rapportait dans ses magasins les derniers travaux de couture effectués pour son compte. Dès le lendemain, elle s'en allait s'installer avec son fiancé au village de la Chaussée, près de Chantilly, où, chaque semaine, du samedi au lundi, le jeune André Cuchet, âgé de dix-sept ans, venait la rejoindre.

Dans tout le pays, on l'appelait Mme Diard, et tout le monde estimait beaucoup le faux ménage qui semblait d'ailleurs beaucoup plus uni que bien des couples réguliers.

En effet, la belle Jeanne n'avait pas menti en racontant à ses parents que son Raymond la rendait parfaitement heureuse. À tous égards, il était le modèle des compagnons. Affectueux, tendre, et même passionné, sachant employer les procédés qui plaisent aux femmes, spirituel à l'occasion, faisant oublier un physique naturellement rébarbatif par une bonne humeur que l'on pouvait croire inaltérable, doué d'une voix aux inflexions pénétrantes et harmonieuses, Raymond Diard n'avait pas tardé à capter entièrement la confiance de Mme Cuchet… qui lui avait remis une grande partie de ses économies que son fiance s'était empressé de déposer en compte à la succursale de la Société Générale à Chantilly…

Et voilà que, depuis trois jours, lui si exact, si ponctuel, qui jamais encore, n'avait laissé seule sa compagne pendant vingt-quatre heure sans lui faire parvenir de ses nouvelles, lui, aussi ménager de son temps que de ses dépenses, ne donnait plus le moindre signe d'existence. Voila pourquoi Mme Cuchet, qui ne pouvait admettre un seul instant l'hypothèse d'un lâchage, ne cessait de répéter a travers ses sanglots :

— Il a été sûrement assassiné !

Si M. et Mme F… avaient toujours blâmé cette liaison qui, soi-disant, devait se terminer par un mariage, et si, Raymond Diard ne leur avait inspiré qu'une sympathie très relative, ils n'en comprenaient pas moins que leur devoir était de venir en aide moralement à la pauvre Jeanne.

Avec bonté, Mme F… reprenait :

— Ne te désole pas ainsi… Et dis-nous ce que nous pouvons faire pour toi.

— Je ne sais pas…

— Le mieux, posait M. F…, est que tu retournes à la Chaussée…

— Toute seule ?…

— Nous allons t'accompagner, ta sœur et moi. Là, je ferai sur place une première enquête, et nous verrons ensuite…

— Tu es très gentil de t'occuper ainsi de moi.

— As-tu parlé de tout cela à André !

— Non, pas encore.

— Tu as bien fait…

— Alors, quand partons-nous !

— Le temps d'aller demander au commissariat des laissez-passer pour ma femme et moi… et nous filons.

— Je n'oublierai pas ce que vous faites tous les deux pour moi.

— C'est tout naturel, déclarait M. F…, et nous ne souhaitons qu'une chose, c'est que tu n'aies pas à te repentir d'avoir été trop confiante.

Une heure après, Mme Cuchet, M, et. Mme F… arrivaient à la gare du Nord, et, à travers la cohue provoquée par la mobilisation qui battait encore son plein, ils parvenaient non sans peine à s'installer dans un train de voyageurs en partance pour Chantilly.

Après un trajet plutôt laborieux, ils arrivaient à la Chaussée, et pénétraient dans le petit logement qui venait d'abriter l'irrégulière lune de miel du commis ambulant et de la confectionneuse… Laissant les deux femmes seules, M. F…, fidèle au plan qu'il s'était tracé, s'en allait immédiatement dans le pays, aux renseignements… Tout ce qu'il put apprendre, au point de vue faits, c'est qu'on avait vu ledit prétendant Raymond Diard, partir dans son auto, un vieux tacot qui sonnait quelque peu la ferraille… dans la direction de Chantilly, et que, depuis ce moment, il était demeuré invisible… Au, point de vue moral, M. F…put constater que son éventuel beau-frère n'avait pas précisément ce qu'il est convenu d'appeler une bonne presse. On le trouvait fier… pas aimable… plutôt mystérieux, et tous étaient unanimes à dire qu'il avait « pas les yeux de tout le monde ! »

M. F… rejoignit sa femme et sa belle-sœur, de plus en plus ancré dans ses soupçons. Il les trouva toutes les deux en train de fouiller dans les meubles… afin de voir si elles ne découvriraient pas quelques papiers capables d'éclairer le mystère d'une disparition que les époux F... mettaient sur le compte d'une fugue définitive, et que Mme Cuchet s'obstinait a rattacher à un crime.

Les événements n'allaient pas tarder à donner raison aux deux premiers, en effet, remuant le fond d'une cantine où la « fiancée » de Raymond Diard avait laissé quelque argent, quelle ne fut pas sa stupéfaction en y découvrant un livret militaire et un livret de mariage, l'un et l'autre au nom d'Henri-Désiré Landru.

Sidérée, la malheureuse se refusa d'abord à croire que ces deux pièces officielles appartenaient à son Raymond.

— Ce n'est pas possible, murmura-t-elle. C'est un de ses amis qui a dû les lui confier... Car il est incapable de m'avoir menti à ce point...

Plus méfiant, M. F... s'emparait des deux documents. Bientôt il constatait qu'aucun doute n'était possible...

En effet, le signalement porté sur le livret militaire d'Henri-Désiré Landru, correspondait d'une façon tellement probante avec celui de Raymond Diard, que la pauvre Jeanne dut en convenir elle même. Quant-au livret de mariage, il établissait que son détenteur était marié et qu'il avait deux fils.

— Peut-être, se raccrochait désespérément Mme Cuchet, m'at-il caché tout cela parce qu'il m'aimait vraiment, et qu'il ne voulait pas risquer de me perdre en m'avouant la vérité ?

Mais les dernières illusions de cette amoureuse opiniâtre n'allaient pas tarder à s'évanouir... En effet, dans la même cantine, où, si imprudemment, le faux commis ambulant avait déposé ces pièces si compromettantes, Mme F... découvrait d'abord plusieurs lettres des fils de Landru à leur père et dans lesquelles ceux-ci, tout en le remerciant des subsides qu'il leur avait fait parvenir ainsi qu'à leur mère, lui témoignent un respect qui n'était pas sans ressembler quelque peu à de la crainte ; puis toute une correspondance avec de nombreuses femmes, qui ne pouvait laisser subsister aucun, doute sur les écarts de conduite dont Henri-Désiré n'avait cessé de se rendre coupable, non seulement avant, mais pendant sa liaison avec l'infortunée Jeanne.

Effondrée, elle dut enfin admettre la vérité. Elle ne put qu'éclater en sanglots et s'écrier dans la sincérité, du plus touchant des désespoirs :

— Jamais je n'aurai cru cela de lui. Jamais ! jamais !

— Allons ! Allons ! encourageait sa sœur, pense à ton fils que tu aimes tant et qui est si gentil pour toi.

El puis nous sommes là, aussi, mon mari et moi…

— Tu peux être tranquille, appuyait M. F… nous ne t'abandonnerons pas… Tu peux compter sur nous. Tu vas emporter tout ce qui t'appartient… Nous, allons rentrer à Paris. Tu n'as pas donné congé de ton logement ?

— Non … articulait faiblement Mme Cuchet, à travers ses larmes.

— Tu vas pouvoir y rentrer tout de suite. Dans quelques jours, quand tu seras un peu calmée, tu te remettras au travail… et tu auras vite, oublié ce mauvais rêve…

Véritable loque humaine, Jeanne demeurait là, incapable de réagir

Tandis que Mme F… commençait, à faire des paquets, elle murmura simplement :

— Et ses affaires à lui ?… Et ses papiers ?

— Il n'y a qu'à les laisser ici, décidait son beau-frère. S'il en a besoin. Il viendra les chercher…

Et en guise de conclusion, il crut devoir ajouter :

— Va, il n'est pas bien intéressant…

Secouée par les sanglots, l'abandonnée haletait.

— C'est… c'est possible… Mais moi, je ne l'oublierai jamais !

Le même soir, Mme Cuchet réintégrait le modeste mais confortable logement qu'elle occupait au 67 de la rue du Faubourg-Saint-Denis.

Lorsqu'elle se retrouva seule dans ce petit appartement où elle n'avait pensé revenir que pour, son mariage, elle fut prise d'une telle crise de désespoir, qu'étrangère à tout ce qui n'était pas sa douleur, elle demeura prostrée, anéantie, incapable de faire un geste, de prononcer une parole.

La nuit venue, elle n'eut même pas la pensée d'allumer l'électricité. Elle se laissa envelopper par les ténèbres. Jusqu'alors, si excellente mère, elle en était arrivée à oublier son fils, et c'était toujours l'autre… celui qu'à travers les divagations de son cerveau enfiévré, elle persistait à appeler son Raymond, dont elle subissait l'obsédante hantise.

Vers dix heures du soir, une sonnerie qui vibrait dans l'antichambre, l'arracha à ses pensées. Elle redressa la tête.

— Qui peut bien venir a cette heure ? se demandait-elle. Mon beau-frère, ma sœur, mon fils, peut-être ?

Mais elle restait figée sur place, redoutant de n'avoir pas la force de faire un pas. Le visiteur insistait. Elle se leva, et la démarche dolente, elle s'en fut ouvrir. Dès qu'elle eut entrebâillé la porte, un cri lui échappât.

— Lui !

Un homme brun, de quarante-cinq à quarante-six ans, au crâne dénudé, au nez allongé et aminci du bout, la barbe touffue, une grosse moustache qui n'arrivait pas à cacher entièrement des lèvres charnues, sensuelles, les yeux brillants, vêtu avec simplicité, mais avec une correction parfaite, une rosette violette à la boutonnière, se profilait sur le seuil.

C'était Henri-Désiré Landru !...

Chapitre II : Escroc et beau parleur. Un casier judiciaire. À Vernouillet. Un premier crime. Sur la pente.

À demi défaillante, Mme Cuchet s'appuyait contre le chambranle de la porte. Landru s'approcha d'elle, et la poussant à l'intérieur du corridor, il fit d'une voix très douce, très persuasive :

— Ne reste pas là, viens !…

Et, après avoir refermé le battant, il l'entraîna dans la chambre, tout en disant :

— Ne m'en veux, pas de t'avoir causé de l'inquiétude. Mais je vais tout t'expliquer… et tu verras qu'il n'y a pas de ma faute…

Prévenant, empressé, il aida la pauvre Jeanne à s'asseoir sur un fauteuil. Puis, tout en déposant son chapeau sur une table, il fit, sans le moindre embarras :

— Il ne faudrait tout de même pas oublier qu'il y a la guerre…

— La guerre ! répétait machinalement sa maitresse.

— Hé oui… Je m'en suis bien aperçu, lundi dernier.

Lorsque je suis arrivé à Chantilly, l'autorité militaire a voulu réquisitionner ma voiture…

Comme je faisais valoir a l'officier de service qu'elle ne valait plus grand-chose, et qu'il ferait mieux de me la laisser, ce militaire l'a pris de haut, et m'a même injurié ; j'ai eu tort de lui répondre, et il m'a fait coffrer… Heureusement que je connaissais…

Mais il s'arrêta. Debout, transfigurée, frémissante d'indignation, Mme Cuchet s'était dressée devant lui, clamant :

— Inutile de mentir davantage, je sais qui tu es…

— Qui je suis ! sursauta le faux commis ambulant.

— Oui, j'ai trouvé aujourd'hui même, à la Chaussée, ton livret, militaire et ton livret de mariage… Tu ne t'appelles pas Raymond Diard, mais Henri Landru… Tu es marié… et tu as des enfants…

— Et après ! posait son interlocuteur avec un aplomb et un sang-froid extraordinaires.

— Après, ripostait Jeanne, sidérée…

Il lui prit les mains et l'enveloppant d'un regard magnétique qui, aussitôt, désarma sa colère, il fit :

— J'ai eu tort, je le reconnais. Mais je ne pouvais pas agir autrement… parce que, depuis l'instant où je t'ai connue, je t'ai aimée, je t'ai voulue… et je ne voulais pas risquer de te perdre en te disant la vérité !

— Raymond ! persistait à l'appeler Jeanne. Raymond… c'est abominable… d'avoir abusé de la confiance d'une femme qui t'aimait…

— Et qui m'aime encore s'écriait Landru, avec passion.

— Non, non, c'est fini…

— Pourquoi ?

— Un homme marié !

— Je suis en instance de divorce… Ça ne marche pas aussi vite que je l'aurais espéré. Cette maudite guerre, surtout, va tout retarder. Mais sois tranquille ! j'ai des amis très hauts placés, et ils m'ont promis de faire en sorte d'accélérer la marche de la justice…

— Et toutes ces lettres de femmes que j'ai trouvées aussi ! sanglotait éperdument la malheureuse.

— Plaisanterie sans importance… déclarait Landru. Je voulais m'amuser. Voir jusqu'où pouvait aller la crédulité féminine…

— Et sans doute à moi comme à toutes, tu as joué la comédie de l'amour…

Tout en l'attirant étroitement contre lui, Landru affirmait d'une voix empressée :

— Avec toi, j'ai toujours été sincère ! Les autres étaient des marionnettes qui ne comptaient pas dans ma vie. Trois petits tours et puis… s'en vont. Tandis que toi, tu m'as pris tout entier, et à un tel point que je n'en reviens pas moi-même…

Mme Cuchet secouait la tête d'un air sceptique. Landru reprenait :

— Tu ne me crois pas. Eh bien, je vais t'en donner la preuve. Sentant que, depuis quelque temps, tu prenais sur moi un ascendant certain, et ne voulant pas aliéner ma liberté, j'avais pris le parti de te quitter…

— Tu vois bien !

— Mais je n'ai pas pu résister à trois jours de séparation, car j'ai senti qu'il me serait désormais impossible de vivre sans toi… Je suis retourné à la Chaussée, et quand j'ai trouvé notre petit logis désert, j'ai eu une vraie crise de désespoir… et vite je suis rentré à Paris, pensant bien te trouver chez toi. Maintenant, me voici revenu pour toujours. Pardonne-moi mes mensonges… Ils étaient nécessaires à notre bonheur à tous les deux… Oui, à notre bonheur que rien désormais ne viendra plus troubler, je te le jure, ma bien-aimée… sur la tête de mes fils et du tien !

La malheureuse, toujours en pleurs, avait laissé retomber sa tête sur l'épaule de son amant. Elle se défendait, mais mollement, en femme qui s'apprête à capituler.

— Non, je ne veux plus… Tu es marié…

— Puisque avant trois mois je serai divorcé…

— Et tes enfants ?

— Ils t'aimeront, j'en suis sûr, comme une seconde mère…

— Raymond, pourquoi as-tu fait cela ?… C'est mal !…

— Jeanne, je t'adore…

Landru avançait ses grosses lèvres rouges avides de baisers, dispensatrices d'ardentes et subtiles caresses… vers la bouche entrouverte de sa maîtresse qui… désarmée, ferma les yeux et s'abandonna au vainqueur…

Le lendemain matin, ils réintégraient leur logis da la Chaussée. Quelques jours après, chassés par l'avance des anciens ennemis, ils revenaient à Paris.

Landru, désormais, la tenait à sa merci. Profitant de l'influence mystérieuse qu'il exerçait sur elle, il l'amenait à rompre avec son beau-frère et sa sœur… en qui il n'avait pas été sans flairer des adversaires redoutables. En revanche, il redoubla d'amabilité envers le jeune André Cuchet, auquel, naturellement, on avait tout laissé ignorer, et le ménage irrégulier coula d'heureux jours… insensible au grand drame du jour qui secouait non seulement la France et l'Europe, mais encore le monde entier de la plus formidable émotion qu'ait jamais connu l'Univers…

Mais Landru avait déjà son but. Peut-être, lorsqu'il était entré en rapport avec Mme Cuchet, n'avait-il pas encore l'Intention de lui donner la mort ?… Mais il n'est pas douteux qu'il avait déjà conçu de dépouiller la trop confiante veuve, de tout son avoir…

Quel était en réalité cet homme destiné à devenir l'un des criminels les plus effroyables de tous les temps ?

En quelques mots, nous allons le préciser à nos lecteurs.

Landru était né à Paris le 12 avril 1869. Fils d'honnêtes ouvriers, Il avait commencé par être un garçon très sage et même un élève très studieux. Enfant de chœur à sa paroisse, il avait même pu, par sa piété et son zèle, donner à penser aux siens qu'il 'embrasserait un jour la carrière ecclésiastique. Mais, en grandissant, ses idée religieuses cédèrent à ses convoitises matérielles… qui de jour on jour, se faisaient de plus en plus exigeantes. Au retour de son service militaire, il entrait comme employé à la Garantie Mobilière, où il ne demeura que peu de temps ; puis il se lançait dans l'automobile, et, après avoir passé par différentes maisons, il exploitait pendant quelque temps un garage à Malakoff. Somme toute, Landru qui, entre temps s'était marié et était devenu père de deux garçons, n'avait jamais vécu que de moyens inavouables, d'escroqueries, d'indélicatesses, jamais d'un travail régulier. Il puisait toutes ses ressources dans l'exploitation des femmes, il s'efforçait de s'approprier leur avoir ou leurs économies en entrant en relations avec elles, soit au hasard des rencontres sur la voie publique, soit par des annonces pompeuses dans certains journaux. Il les flattait avec une habileté consommée, exerçait sur elles une emprise incontestable, grâce à sa connaissance du milieu social, de la mentalité et des aspirations de ces malheureuses. Plus tard, il devait être établi que Landru avait été en relation avec deux cent quatre-vingt-trois femmes ! De là, pour lui, la nécessité de tenir à jour de nombreux carnets de notes et des dossiers dont la teneur devait être singulièrement compromettante pour son auteur.

Mais n'anticipons pas sur les événements tragiques qui vont suivre. Contentons-nous d'ajouter que l'exercice d'une aussi périlleuse profession, n'avait pas été déjà sans causer à Landru quelques ennuis. Son casier judiciaire s'ornait déjà de cinq condamnations dont voici le détail :

21 juillet 1904. Paris
— Escroquerie. 2 ans de prison. 50 francs d'amende.
28 mars 1906. Sens.
— Escroquerie. 13 mois de prison. 50 francs d'amende.
27 mai 1906. Paris.
— Abus de confiance. 3 ans de prison. 100 francs d'amende.
20 juillet 1914. Sens.
— Escroquerie. 4 ans de prison. 100 francs d'amende. Peine accessoire de la relégation.

Il est regrettable pour Mme Cuchet que Landru n'eut pas ajouté aux papiers qu'il avait si imprudemment laissé traîner dans sa cantine, ce document qui aurait sans doute empêché la pauvre femme de pardonner à ce si dangereux coquin, et de reprendre avec lui la vie commune ; mais elle était chambrée et bien chambrée. Maintenant, surtout, qu'elle avait découvert la véritable identité de son fiancé de proie, elle allait devenir sa victime…

L'idée de la faire disparaître ne germa peut-être pas immédiatement dans le cerveau du futur Barbe-Bleue de Gambais, et il est fort possible que, s'il ne se fût pas trouvé dans des conditions exceptionnelles qui lui permettaient d'escompter l'impunité, il n'eût pas songé à un assassinat dont il était trop intelligent pour ne pas en avoir prévu toutes les conséquences. Mais on était en guerre.

Forcément, la police, dont la tâche était devenue si complexe, si délicate, si grave, et surtout si importante au point de vue de la défense nationale, ne pouvait pas exercer sur la criminalité courante un contrôle aussi rigoureux qu'en temps de paix.

Un grand nombre de nos agents de la Police judiciaire et de la Sûreté générale, parmi lesquels il fallait compter les meilleurs, étaient mobilisés ou en service aux armées…

Supprimer quelqu'un devenait donc plus facile, surtout pour un individu qui, à un manque absolu de principes, joignait une astuce, un sang-froid, un aplomb et une présence d'esprit que l'on rencontre rarement réunis en une seule personne. Ce furent certainement ces conditions qui décidèrent Landru à se débarrasser non seulement de sa fiancée qu'il jugeait plutôt compromettante, mais aussi du fils qui pourrait devenir non moins dangereux à son tour… Cela, bien entendu, après s'être emparé de tout son argent, de tous ses meubles, bijoux et souvenirs, sur lesquels, dès son entrée dans le jeu, il avait jeté son dévolu.

Résolu à son double crime, Landru va passer immédiatement à son exécution. Mais, avec une roublardise extraordinaire, il saura s'entourer de toutes les précautions nécessaires.

Profitant de ce que Mme Cuchet ne voit plus et ne vit plus que par lui, il commence par lui faire donner congé de son appartement pour le terme de janvier 1915, et il loue à Vernouillet, la villa « Lodge » 47, rue de Mantes… et à la date du 8 décembre, le déménagement est effectué…

« En trois jours, tout a été bâclé, écrit Mme Cuchet, à une de ses amies, en s'excusant de ne l'avoir pas prévenue plus tôt de sa détermination, et en exprimant le désir de la voir bientôt et de la recevoir à Vernouillet dès que le temps le permettra !...

« De plus, Landru, à la date du 1er janvier, fait établir un acte, non plus au nom de Mme Cuchet, mais de M. Cuchet, qui lui garantira aussi, en cas de disparition de la veuve, la jouissance de la villa, pour une durée égale à celle de l'engagement primitivement signé par Mme Cuchet elle-même. Avec les pièces d'identité du défunt Cuchet, qu'il a pris soin de remiser, il pourra, un jour, prendre son nom et, à l'aide de ce faux état civil, faire de nouvelles dupes !... »

La pauvre Jeanne était à cent lieues de soupçonner les sinistres projets que son « Raymond » ruminait contre elle et son jeune fils. Le misérable savait si bien cacher son jeu. Il la comblait de bouquets, de bonbons, de ces menus petits cadeaux dont on dit si bien qu'ils entretiennent l'amitié.

Installés à Vernouillet, la mère et le fils y séjournent paisiblement pendant le mois de janvier, André Cuchet vient deux fois à Paris, l'une pour rapporter les clefs de l'appartement du faubourg Saint-Denis, la seconde, pour prendre le courrier. A partir de ce jour personne ne devait plus, jamais revoir ni la mère, ni le fils.

Qu'étaient-ils devenus ? C'était le secret de Landru, et bien fin eût été celui qui aurait pu en percer le mystère.

Mais ce gredin n'allait pas demeurer inactif.

Afin de dissiper les inquiétudes que les disparitions des deux Cuchet pouvaient faire naître dans l'esprit de leurs intimes, il se présentait un jour au domicile d'une amie de Jeanne, et, sans se faire connaître autrement, il lui annonçait que Mme Cuchet et André sont partis pour l'Angleterre, mais qu'il ignorait leur adresse.

« A Vernouillet, il répandait également le bruit que Mme Cuchet avait passé le détroit et que son fils s'était engagé dans l'armée anglaise. »

Quant aux F…. la brouille avec leur parente avait été trop sérieuse et des paroles trop irréparables avaient été prononcées pour que ceux-ci s'inquiétassent de celle qui leur avait signifié clairement et violemment, sur les instigations de son « Raymond », qu'elle les rayait de son existence, et qu'elle ne voulait plus jamais entendre parler d'eux. Tranquille à ce sujet, Landru allait pouvoir réaliser la succession des deux disparus, sachant très bien qu'ils ne reviendront jamais la lui disputer.

Il commence par céder à un sieur P… une assurance sur la vie, consentie au profit d'André Cuchet, en lui présentant des papiers d'identité et en signant un reçu de ce nom. Il négocie à une banque de la place du Havre, une obligation communale 1891, la seule valeur qui appartenait encore à Mme Cuchet, au moment de son entrée en relations avec lui. Enfin, il fait transporter par un déménageur de Maisons-Laffitte de Vernouillet à Neuilly, dans deux garages différents, un certain nombre de meubles provenant de la villa de Lodge. Mais il y a mieux. Cyniquement, il endosse la personnalité de Cuchet, le père et le mari défunt de ses deux victimes ; il vit ostensiblement sous ce nom, et il s'y fait condamner, en se faisant dresser procès-verbal, pour avoir voyagé sans billet valable, d'Ezy, où il était allé voir sa famille, à Paris… devenu pour quelque temps du moins, le théâtre de ses opérations.

Maintenant que l'expérience a réussi, Landru, conscient de ses talents de criminel, et fort d'une impunité qu'il doit aux événements dans lesquels se débat la France, va pouvoir renouveler en série son sinistre exploit.

Lancé sur la pente du crime, il ne s'arrêtera plus que lorsque la justice lui mettra la main au collet mais d'ici là, quelle hécatombe !...

Chapitre III : Une femme qui s'ennuie. La petite annonce du « journal ». Landru se fait la main. L'ancienne gouvernante.

Au début, de juin 1945, Mme T…, honorable concierge d'un immeuble situé à Paris, 95, rue de Patay, s'apprêtait à faire quelques courses dans le voisinage, lorsqu'une de ses locataires, Mlle Laborde-Line, qui habitait un modeste appartement, au premier, à droite, fit irruption dans sa loge.

Agée de quarante cinq ans environ, sans beauté, mais le visage épanoui d'une joie débordante l'air d'une très brave femme, ce qu'elle était, d'ailleurs, Mme Laborde-Line s'écriait :

— Ma bonne madame, vous avez toujours été si gentille envers moi, que je veux que ce soit vous qui appreniez, la première la grande nouvelle.

Et, rajeunie de dix ans, toute vibrante d'une allégresse qu'elle ne songeait pas à contenir, elle précisait :

— Je vais me remarier !…

— Tous mes compliments, faisait aussitôt la concierge. C'est bien à votre tour d'être heureuse. Mais asseyez-vous donc, madame Laborde,

— Je vois que vous allez, sortir.

— Ça ne fait rien ; j'ai bien un petit moment pour vous écouter. La « fiancée » qui semblait tourmentée par un irrésistible désir de confidence, s'installa sur une chaise et reprit aussitôt :

— Voila ! Depuis le départ de mes enfants, j'étais bien seule. Je m'ennuyais, et puis, ainsi que vous le savez, sans être dans le besoin, je n'ai pas de très grosses ressources, aussi, autant pour me distraire que pour améliorer ma condition, j'avais fait passer dans un journal une annonce signée Raoul, et où le demandais un emploi pour une femme active, intelligente et honnête, qui disposait de quelques heures dans, la journée. J'ai reçu pas mal de lettres… ainsi que vous avez, dû vous en apercevoir, Mais il en est une qui a surtout attiré mon attention. On sentait qu'elle avait été écrite par un homme très comme il faut, très distingué. Je ne me trompais pas. Vous ne pouvez pas vous figurer comme il est bien… et intelligent. Quand il vous parle, on voudrait qu'il ne se taise jamais. C'est un évacué du Nord, il possède une certaine aisance, il demeure à Vernouillet, a une villa avec un joli jardin fleuri. Il a même une auto qu'il conduit lui-même, et est très bien. Nous avons déjà fait ensemble de très belles promenades. Vous devez le connaître, il est déjà venu ici plusieurs fois. Il a dû certainement me demander…

— Je ne me rappelle pas !

— Un homme de quarante-cinq ans, avec une barbe noire, des yeux très brillants, une voix très douce.

— Je ne vois pas…

— Nous nous sommes plu. Nous nous sommes fiancés, et nous nous marierons dès que j'aurai fait venir d'Amérique les papiers nécessaires. Il m'a demandé, en attendant, d'aller habiter avec lui.

— Et vous avez accepté ?

— Il a tellement insisté ! Il parait déjà si attaché à moi, que je m'en voudrais de lui causer la moindre peine. Et puis. Je vous avouerai que je ne suis pas fâchée de demeurer dans une maison confortable et bien meublée, où je n'aurai qu'à me laisser vivre.

— Avez-vous prévenu votre fils ?...

— Pas encore. Je suis un peu en froid avec ma bru. Aussi, au lieu d'écrire, je préfère avoir avec mon fils, qui a toujours été parfait envers moi, un entretien en tête à tête où je lui notifierai mes intentions. Je suis sûre qu'il en sera très satisfait, car il m'aime beaucoup et je n'ai jamais cessé d'être en excellents rapports, avec lui. C'est un si brave garçon...

— Alors, madame Laborde, vous allez me quitter ?

— Dans quelques jours.

— Je vous regretterai bien...

— Moi aussi, mais, qu'est-ce que vous voulez ?... Quand le bonheur passe auprès de vous, on aurait bien tort de le laisser s'éloigner... Mais je vous laisse. Excusez-moi de vous avoir retenu si longtemps...

— Encore tous mes compliments...

— Quand je serai installée là-bas, j'espère bien que vous viendrez nous voir...

— Je ne peux guère m'absenter de ma loge.

— Vous vous arrangerez.

— Entendu !...

— Je me sauve, car il faut que je commence mes paquets.

Tandis que Mme Laborde regagnait son premier, la concierge, après avoir fermé à clef la porte de sa loge, s'en allait en murmurant :

— Tant mieux pour cette brave femme, si elle est heureuse. Tiens, j'ai oublié de lui demander le nom de son futur…

Ce nom, tous nos lecteurs l'ont deviné, c'était Landru ! La femme sur laquelle il avait jeté son dévolu était pour lui une proie toute indiquée. Née le 12 août 1868, à Chacornus, province de Buenos-Aires, elle s'était mariée, en 1886, avec un aubergiste d'Oloron, dont elle avait eu un fils qui était entré dans l'administration des Postes et Télégraphes. Abandonnée par son mari, elle avait reporté toute son affection sur ce fils. Lorsqu'il avait été nommé à un emploi à Paris, elle, l'avait suivi, et, lorsqu'il s'était marié, elle avait continué à vivre avec lui. La belle-mère et la bru ne s'étaient guère entendues… Une séparation allait s'imposer, lorsque M. Laborde-Line fut appelé par ses fonctions à Troyes. Il déménagea avec sa femme et laissa à sa mère la jouissance de son appartement de la rue de Patay…où nous allons la retrouver, en train de réunir ses effets et ses souvenirs pour un proche départ.

Debout, devant sa commode dont le tiroir supérieur était ouvert, elle était occupée à en retirer quelques menus objets, lorsqu'on sonna à sa porte. Vite, elle s'en fut ouvrir, en disant ;

— Si c'était lui !

Elle ne se trompait pas. C'était bien Landru qui, ayant à la main quelques roses enveloppées dans un papier, se présentait à elle. Après l'avoir remercié de ses fleurs…elle l'emmena aussitôt dans sa chambre.

— Excusez-moi, fit-elle, j'étais en plein rangement. Tout est encore en désordre.

Landru demandait aussitôt ;

— Avez-vous donné congé à votre propriétaire ?

— Non, pas encore…

— Vous ferez bien, ma chère amie, de vous dépêcher. Car ce serait bien inutile de payer un terme de plus…

— Vous avez raison, dès ce soir, je ferai le nécessaire.

Promenant autour de lui un regard connaisseur, Landru reprenait :

— Ils sont fort bien, ces meubles… Ce petit secrétaire empire surtout. C'est dommage qu'à Vernouillet, nous n'ayons pas de place.

Mme Laborde reprenait :

— Je ne vous cacherai pas que cela me fait gros cœur de les vendre. La plupart sont pour moi des souvenirs,

— Attendez donc ! s'écriait le séducteur barbu. il y a peut-être un moyen de tout arranger.

— Dites…

— Nous pourrions nous entendre avec un garde-meuble, qui les conserverait jusqu'à ce que je me sois débarrassé des miens, que nous remplacerions ensuite par ceux-ci… et alors…

Mme Laborde-Line ne laissa pas continuer son interlocuteur. Enthousiasmée par sa proposition, elle lui sautait au cou, en disant :

— Décidément, vous avez toutes les attentions, toutes les délicatesses…

En un élan qu'il sut rendre passionné, le misérable serra contre sa poitrine celle qu'il avait déjà condamnée à mort.

En effet, quelques jours après, Mme Laborde-Line s'étant mise en règle avec son propriétaire, obtenait de celui-ci. l'autorisation de faire sortir ses meubles de l'appartement. Une maison de la rue

Mouffetard se chargea du déménagement. En faisant ses adieux à la concierge, la seconde fiancée de Landru lui déclarait qu'elle allait aviser son fils de son prochain mariage, et elle la priait de recevoir sa correspondance et de l'ouvrir, jusqu'au jour où elle lui donnerait de ses nouvelles et lui ferait parvenir son adresse…

Depuis ce moment, ni la concierge de la rue de Patay, ni personne n'entendit plus parler de Mme Laborde-Line.

Le 13 juillet suivant, Landru, sous la faux nom de Cuchet, et par l'intermédiaire du banquier R…, vendait deux titres, une obligation communale 1891, et une obligation de la Ville de Paris 1910, que Mme Laborde-Line avait retirées du Crédit Lyonnais, le 25 juin 1915, l'avant-veille du jour où elle déménageait du logement de la rue de Patay.

Enfin, le 15 septembre suivant, le gredin retirait les meubles déposés, lors du déménagement, au garde-meuble de la maison de la rue Mouffetard, en les répartissant dans différents endroits où l'on devait les retrouver plus tard… En moins de deux mois, la malheureuse avait été spoliée et assassinée !

Landru commençait à se faire la main !

Encouragé par le succès, il allait continuer ses atroces exploits. Dès le 1 mai 1915, à la rubrique Mariages, il faisait insérer, dans un grand quotidien du matin, l'annonce suivante :

« Mr. 45 ans, Seul, sans famille, Situation 4.000. Ay. intér. Désire épouse même âge, situation rapport. G. I. 45 journal. »

On ne se doute pas de ce qu'une petite annonce, qui pourtant n'a rien de bien excitant, peut provoquer de réponses. Landru en reçut un nombre assez considérable pour qu'il se trouvât dans l'obligation de procéder à une sélection. Soit que les femmes avec lesquelles il était entré en rapport ne lui apportassent pas les ressources matérielles suffisantes, soit qu'il ne réussit à capter leur confiance et à impressionner leur cœur. Landru ne devait pas tomber tout de suite sur la proie qu'il convoitait.

Il se préparait même à faire passer un nouvel entrefilet dans le journal, lorsqu'en reprenant dans le répertoire qu'il avait constitué et sur lequel il avait cyniquement écrit : En réserve, à voir ultérieurement, les lettres qu'il, avait laissées en souffrance, son attention fut attirée par l'une d'entre elles, qu'il avait jusqu'alors négligée et qui lui parut digne de retenir son attention…

Elle provenait d'une certaine Mme Guillin qui habitait 35, rue Crozatier. C'était une ancienne gouvernante qui avait hérité, au décès récent de son maître, d'un capital de vingt-deux mille francs et possédait entre autre des économies importantes…

Riche aubaine ! se dit Landru. Comment se fait-il que je n'ai pas pensé plus tôt à cette Mme Guillin, au lieu de perdre mon temps à la poursuite d'un gibier trop maigre ou qui ne voulait pas se laisser prendre ?…

Immédiatement, le bandit écrivit à Mme Guillin une lettre assez habile pour que celle-ci n'hésitât pas à lui donner rendez-vous à son domicile.

La malheureuse allait tomber tête baissée dans le piège !…

Landru, il faut lui rendre cette justice, s'il n'avait pas la séduction physique d'un don juan, ou l'intrépidité d'un Vert-Galant, était tout aussi éloigné des brutalités bestiales d'un Raspoutine, Sa grande force était son bagout. Non pas un bagout de camelot de la rue, mais une facilité d'élocution naturelle, servie par une intelligence très vive, une mémoire impeccable, une astuce sans limite, un art réel des nuances et surtout un esprit naturel qui lui inspirait des réparties tour à tour amusantes et profondes, grâce auxquelles il finissait par embobiner toutes celles qui avaient résisté à la puissance vraiment magnétique de son regard.

On a pu dire de lui que s'il n'avait pas été surtout un grand paresseux, il aurait pu devenir un homme d'affaires tout à fait remarquable.

Il ne va pas tarder à nous en donner la preuve…

Dès qu'il fut en présence de Mme Guillin, Landru qui était très physionomiste, comprit immédiatement tout le parti qu'il pouvait tirer de cette femme.

Agée de cinquante et un ans, sans grands avantages physiques, et sans connaissances pratiques, coquette, peu raffinée dans ses goûts, amie des plaisirs faciles et surtout très désireuse de s'élever à une situation sociale supérieure, elle ne pouvait être qu'un jouet dans ses mains de suborneur, de voleur et d'assassin.

Madame, entamait Landru, je m'excuse auprès de vous si je n'ai pas répondu plus tôt à votre lettre. Mais évacué de Lille et m'occupant beaucoup de mes malheureux compatriotes, exilés comme moi de leur petite patrie, j'ai dû me rendre dans différents ministères pour d'importantes démarches et cela m'a pris tous mes instants…

Mme Guillin l'écoutait, très favorablement impressionnée par l'attitude si correcte, si réservée, du rusé coquin qui, dès ses premiers mots, avait su se présenter à celle qu'il avait résolu de dépouiller et d'assassiner, comme un cœur dévoué, généreux et toujours prêt à rendre service à son prochain.

Comment la pauvre femme, si simple, si peu méfiante, n'eût-elle pas été flattée d'avoir attiré sur elle l'attention d'un « vrai monsieur » qui, déjà, lui adressait des regards certes encore très déférents, exempts de toute équivoque, mais qui, néanmoins, lui laissaient clairement entendre qu'elle était encore capable d'inspirer d'autres désirs que celui d'un mariage de convenance.

Toujours habile, Landru de garda bien de jouer tout de suite le grand jeu… cependant, après avoir raconte à Mme Guillin qu'il était libre de tout engagement légal ou autre, et lui avoir affirmé, en poussant un profond soupir, que la solitude lui pesait et qu'il voudrait bien se créer un foyer, il se leva discrètement et se contenta de demander à l'ancienne gouvernante la permission de revenir la voir.

Non seulement elle accepta, mais elle força Landru à se rasseoir. Merveilleusement amorcée par le gredin, elle tenait à lui raconter tout de suite sa vie et elle s'écria en un élan de naïveté dont le gredin dut bien rire dans sa barbe :

— Je veux me montrer aussi franche envers vous que vous venez de l'être envers moi. Si comme vous je suis libre de tout lien légal ou illégitime, j'ai une fille que j'aime beaucoup. Elle est d'ailleurs très bien mariée, très heureuse Elle a un petit garçon qui est un amour…

Et avec un sourire un peu mélancolique, elle ajoute :

— Je suis donc grand-mère !…

— On ne le dirait pas, affirmait-Landru, avec toutes les apparences de la sincérité.

Et, galamment, il s'empressa d'ajouter :

— Je suis sûr que, quand vous vous promenez avec votre petit-fils, on doit vous prendre pour sa maman…

Mme Guillin sourit et rougit, Landru venait de la prendre par son côté faible ! La coquetterie…

Profitant de cet avantage, il reprit aussitôt :

— Comme vous devez l'aimer, ce marmot !

— Ça, c'est vrai ! il est si gentil. Peut-être, monsieur, pensez-vous que j'ai tort de vouloir me remarier ?

— Pas du tout, protestait le misérable. Vous n'êtes pas d'un âge où l'on doit, même pour ses enfants, renoncer aux joies normales que peut vous procurer une union assortie. C'est très beau de penser beaucoup aux autres… Mais il faut aussi penser un peu à soi…

— Je dois vous dire qu'ayant fait part à ma fille et à mon gendre de mes projets, ils ne m'en ont nullement dissuadés, bien au contraire…

— Cela prouve qu'ils vous sont sincèrement attachés.

— Ils sont très gentils pour moi. Mais dites-moi, monsieur, vous prendrez bien une tasse de thé !

— Je ne voudrais pas abuser.

— Je vous en prie…

— Je suis confus…

Le thé absorbé, Landru se retira, après avoir pris rendez-vous pour le lendemain avec Mme Guillin, à laquelle il voulait faire connaître sa villa de Vernouillet. Ne faut-il pas battre le fer quand il est chaud ?

— Encore une, se dit le gredin, en descendant l'escalier.

Et il ajoute mentalement :

— Avec elle, je crois que ça ne va pas traîner !

Chapitre IV : Don juan de Vanves. Une partie de campagne. Petite friponne. Landru roule la Banque de France.

Le lendemain, à l'heure dite, c'est-à-dire au début de l'après-midi, le moderne Barbe-Bleue venait prendre Mme Guillin chez elle, dans son « tacot », une simple camionnette. Il faisait un temps magnifique. Les nouvelles de la guerre, sans être encore fameuses, étaient cependant plutôt rassurantes. Il soufflait un vent d'optimisme et ainsi que Mario Cavaradossi chante au troisième acte de la Tosca, l'aimable veuve pouvait s'écrier :

— Je n'ai jamais autant aimé la vie !…

Adroit metteur en scène, Landru s'était efforcé de rendre aussi attrayante que possible la villa de Vernouillet, il l'avait fleurie avec un soin tout particulier, extérieurement et intérieurement. Elle était d'ailleurs fort agréable. Les meubles, très ordinaires, qui la remplissaient étaient bien faits pour plaire à une femme qui, éprise de luxe facile, ne pouvait avoir que des goûts très terre à terre.

Après lui avoir fait faire le tour de propriétaire, son hôte l'invita à s'asseoir en face d'une table où il avait préparé une collation, car il n'avait pas été sans saisir que Mme Guillin était un tantinet gourmande. Tandis qu'elle se régalait de babas, de choux à la crème et éclairs au chocolat qu'avant de se rendre rue Crozatier, il avait acheté chez un des meilleurs pâtissiers de la capitale, Landru se montra si aimable, si gai, si drôle même… que, de plus en plus conquise, Mme Guillin s'écriait :

— Il y a longtemps que je n'avais passé un aussi bon moment.

— Qui, j'espère, sera suivi de bien d'autres ! dit aussitôt l'infernal bonhomme.

Et quand ils se levèrent de table, jugeant que le moment était venu pour lui de se montrer un peu plus entreprenant. Il risqua un bécot sur le cou de sa conquête, qui, tout en poussant un petit éclat de rire nerveux, le repoussa si doucement, si mollement, que Landru, l'attirant dans ses bras, lui imprima sur les lèvres un de ces baisers savants dont il avait le secret et qui acheva d'affoler la malheureuse. Mais jugeant prématuré d'achever la prise d'une place forte dans laquelle il avait déjà réussi à pratiquer une si large brèche, il fit d'un ton enjoué :

— Voulez-vous que nous fassions maintenant le tour du propriétaire ?

— Volontiers, acceptait sa nouvelle conquête.

Sauf la cave et le grenier, Landru lui fit visiter le pavillon de fond en comble. Elle le complimenta sur sa propreté, son ordre… et fit même en fermant à demi les yeux :

— Il doit faire bon vivre ici !…

— Pas quand on est seul, soupira le gredin.

Ils s'en furent au jardin. Landru lui cueillit un bouquet qu'il lui remit en disant :

— Vous l'emporterez en souvenir de moi !…

Elle le remercia d'un regard attendri, et Landru poussa la bonne éducation jusqu'à demander à Mme Guillin si la fumée du tabac ne l'incommodait pas.

— Pas du tout, réplique-t-elle. Je fumerai même volontiers une petite cigarette…

S'apercevant qu'il en était démuni, il fit :

— Voulez-vous m'excuser deux minutes ? Le temps de faire un saut jusqu'au bureau de tabac.

Il partit, laissant seule l'aimable veuve qui en profita pour examiner en détail la pièce où elle se trouvait et qui servait à la fois de salon et de salle à manger… Avisant une porte, elle constata qu'elle donnait dans la seule pièce que son hôte ne lui avait pas fait visiter. Elle voulut l'ouvrir, mais la porte était fermée à clef. Poussée par une curiosité que certains ne manqueraient pas de qualifier de « bien féminine », mais qui, en somme, était toute naturelle, elle colla un œil à la serrure… Quelle ne fut pas sa surprise en apercevant, à l'intérieur d'une chambre de dimensions plutôt restreintes, des vêtements et des bottines de femme.

— Aurait-il une maîtresse ? se demanda-t-elle, avec un sentiment de déception et même d'angoisse qui la surprit elle-même.

Et toujours le regard fixé sur ces objets qui semblaient indiquer la présence d'une femme dans la maison, elle demeura comme hypnotisée devant ce spectacle si bien fait pour faucher ses espérances en fleurs, et elle ne s'aperçut pas du retour de Landru.

En la voyant ainsi, le gredin eut un geste agacé.

Mais se ressaisissant aussitôt, il lança d'un ton enjoué :

— Prenez garde, madame, il y a un chien très méchant enfermé dans cette chambre.

Mme Guillin tressaillit, se redressa, et répliqua, l'air vexé :

— Je ne sais pas s'il y a un chien méchant, mais en tout cas…

Elle s'arrêta, confuse.

— Eh bien, dites ! invitait Landru, que cet incident non seulement ne semblait pas mécontenter, mais paraissait, au contraire, amuser vivement…

Toute intimidée, Mme Guillin balbutiait :

— Je viens d'apercevoir… des robes… des souliers de femme…

— Et alors !…

— Je me suis demandée si, par hasard, ils n'appartenaient pas à… une amie !

— Petite friponne ! s'écriait Landru, en lui tapotant familièrement la joue.

Puis, adoptant tout à coup un ton grave, attristé, il ajouta avec componction :

— Cette chambre était celle de ma pauvre mère que j'ai perdu, il y a quinze mois, j'y viens seul parfois, pour me recueillir et songer à celle qui n'est plus et que j'aimais tant.

— Oh ! pardonnez-moi ! s'écria la veuve, entièrement dupe de ce nouveau mensonge…

Et avec effroi, elle ajouta :

— Je suis désolée d'avoir réveillé en vous d'aussi douloureux souvenirs…

— Je ne vous en veux pas, chère madame ! affirmait le gredin, car cela me prouve, au contraire, combien vous avez bon cœur, et ne peut que m'attacher davantage à vous…

Et avec un art véritable de l'invention et de la parole, Landru se mit à lui faire un éloge de sa pauvre chère maman, qu'il para de toutes les vertus, de toutes les qualités, trouvant le moyen de faire comprendre à son auditrice qui l'écoutait, bouche bée, qu'après l'avoir sauvée des griffes de l'envahisseur, il s'était efforcé d'adoucir de son mieux ses si tristes derniers jours !…

Et avec un trémolo dans la voix, il conclut :

— Je suis sûr que si elle vous avait connue, elle vous aurait aimée tout de suite…

Mme Guillin, qui avait les yeux pleins de larmes, tendit la main à Landru qui la tint un moment, en silence, serrée entre les siennes. Puis, constatant que l'heure avançait, elle parla d'aller prendre son train…

— Pas du tout s'opposait Landru. Je vais vous reconduire à Paris dans ma voiture.

— Je crains d'être indiscrète…

— Nullement.

— Cela va vous faire bien des allées et venues, et je vous assure que je rentrerai très bien par mes propres moyens.

Mais le bandit se récriait :

— Madame, je vous en supplie, ne me privez pas du grand plaisir que j'aurai à vous accompagner jusque chez vous ; je vous assure que c'est moi qui serai l'obligé…

Devant une telle insistance, Mme Guillin ne pouvait que s'incliner. D'ailleurs, elle était enchantée de passer encore quelques bons moments dans la société de celui qui, au cours de cette journée, avait achevé de la subjuguer entièrement. Et ravie, elle se disait :

— Pour qu'il se montre si galant à mon égard… il faut que, de mon côté, je ne lui aie point déplu, sans cela, il m'aurait laissé partir par le train.

Il était près de sept heures et demie lorsqu'ils arrivèrent rue Crozatier.

— Il est bien tard ! constatait Mme Guillin… Si j'osais, cher monsieur, je vous demanderais bien de dîner avec moi !… à la fortune du pot !

— Chère madame, vous êtes vraiment trop aimable.

Mais je m'en voudrais de vous causer un pareil dérangement.

— Je serai très contente, au contraire…

— Il y a un moyen de tout arranger, c'est d'aller au restaurant.

— Oh ! monsieur… Je ne veux pas !…

— Je comptais m'y rendre seul. Mais je serais ravi si vous vouliez bien me tenir compagnie, sans cérémonie, en camarades…

— Mais…

— Vous acceptez ?

— C'est-à-dire que…

Déjà Landru avait remis son moteur en marche et il stoppait devant un restaurant de la place de la Bastille… où l'on pouvait encore, à cette époque, pour un prix modeste, faire un bon repas.

Pendant tout le diner, le « séducteur » fit preuve d'une verve intarissable. De même qu'avec une femme sentimentale, il se fût montré langoureux à souhait. Il n'hésita pas à sortir à sa nouvelle recrue, dont il avait très vite distingué le goût pour les plaisanteries faciles, tout un stock de bons mots et d'anecdotes burlesques, qui la comblèrent d'aise. Ensuite, on s'en fut au cinéma. Après quoi, Landru reconduisit Mme Guillin jusqu'à sa porte et, après avoir échangé un ardent baiser, ils se quittèrent après s'être promis de se revoir dès le lendemain…

Ainsi que je misérable l'avait prévu, les choses n'allaient pas traîner… Moins de huit jours après, Landru faisait sa demande en mariage officielle. Inutile de dire qu'il était immédiatement agréé.

Aussitôt, sa troisième fiancée écrivait au maire de Ballenvilliers, son pays d'origine, pour réclamer les papiers nécessaires. Entre temps, Landru lui annonçait qu'il était nommé consul en Australie, ce qui achevait de combler la malheureuse d'orgueil et d'aise. Un consul, pour elle, c'était aussi important qu'un ambassadeur. Et puis, voyager, voir du pays… avec l'homme qu'on aime et dont on est aimé ! quel beau rêve !

Toute à son bonheur, elle fait des commandes à sa couturière et à sa corsetière, et elle s'occupe de réaliser sa fortune. Elle confie à son fiancé ses valeurs, son argent, ses bijoux, puis le charge de régler, les différends qu'elle a avec son propriétaire auquel elle doit trois termes et qui se refuse à accepter son congé, et vers la fin de juillet, elle part définitivement pour Vernouillet en compagnie de Landru. C'est fini. Elle ne reparaîtra plus jamais.

Les dernières nouvelles qu'on a d'elle datent du 2 aout. C'est une lettre qu'elle a adressée à sa fille et à laquelle le fiancé a ajouté quelques mots pour exprimer son désir de faire la connaissance des enfants de sa future épouse…

Cette lettre parvint à destination le 8 ou le 4 août. Mais, certainement, à cette date, Mme Guillin était déjà tuée, car dès le 2 août, Landru, sous le nom de Cuchet, donnait au banquier … l'ordre de vente de deux obligations communales (1906 et 1880) que Mme Guillin avait emportées chez elle sans les déposer à la Banque de France, où sa fortune, était placée.

Comment Landru va-t-il s emparer de cette fortune tant convoitée et conservée dans les coffres les plus difficiles à ouvrir ?

Cette fois, il va se surpasser, il va rouler la Banque de France. Voici comment :

Tout d'abord, le 15 octobre, il déménage le mobilier de l'appartement de la rue Crozatier... après avoir appelé le propriétaire devant le juge de paix, réglé les trois termes en retard et versé une légère indemnité pour les réparations locative.

A la concierge qui s'étonne de ne pas voir Mme Guillin, il répond :

— Elle se porte très bien, mais j'ai tenu à lui éviter les fatigues du déménagement.

Et le mobilier est transporté dans un garage, 21, rue Etex, où il demeura un mois au bout duquel Landru l'enlèvera sans même aviser le dépositaire.

Ensuite il loue une chambre meublée, 37, avenue Mac-Mahon, au nom de Mme Guillin. Il explique à la concierge qu'il agit pour le compte d'une parente malade qui l'a chargé de recevoir provisoirement son courrier. Puis, il commence avec la Banque de France toute une correspondance d'affaires, écrivant comme s'il était en réalité Mme Guillin, donnant des ordres successifs de vente de valeurs et, finalement, priant le grand établissement financier de tenir ses titres à la disposition d'un mandataire dûment accrédité, M. L... fondé de pouvoir d'une banque le la rue Saint Lazare.

La Banque de France ne fait aucune objection croyant correspondre régulièrement avec l'authentique Mme Guillin et accepte de remettre ces valeurs en dépôt à M. L... et le 21 décembre, elle avise Mme Guillin, 37, avenue Mac-Mahon, que ses valeurs, ont été remises à M. L... ainsi qu'elle l'avait demandé. Quant à l'argent produit par la vente de ses titres, Landru le retirera en trois fois, sur de simples reçus signés par lui du nom de Georges Petit, 45, avenue des Ternes.

Le tour était joué…Le gredin avait en sa possession toutes les sommes qui constituaient la fortune de Mme Guillin, N'est-ce-pas formidable ?

Mais de nouveau, la question se pose. Comment le misérable fait-il disparaître ses victimes ?

Bien que Landru n'ait jamais voulu révéler son secret et ait toujours répondu que sa conscience était pure de tout reproche, nous verrons par la suite jusque quel point il avait poussé ce que l'on pourra appeler l'art du crime…

A l'aide de recoupements, de faits et de témoignages, de déductions basées à la fois sur les évènements puisés en meilleures sources, nous arriverons à reconstituer ces assassinats dans toute leur horreur et aussi dans toute leur intégrité.

Mais nous n'en avons pas encore fini avec les fiancées de Landru. Et comme écrivant l'histoire de ce bandit, nous avons résolu de ne pas, un seul instant, nous écarter d'une vérité beaucoup plus passionnante que n'importe quel roman policier ou autre, et que pour atteindre notre but, il est indispensable de ne rien laisser dans l'ombre, nous poursuivons donc dans leur ordre chronologique, le récit des méfaits de Landru, criminel encore plus effroyable que celui dont s'est emparé la légende.

Chapitre V : Landru quitte Vernouillet. La ville de Gambais. Landru père de famille. Fiancées en série. Le billet double et le billet simple.

Malgré son audace inouïe, que justifiaient sa réussite et son impunité, il faut croire que Landru ne se trouvait plus, dans sa villa de Vernouillet, dans les conditions de sécurité et de discrétion dont il avait besoin pour faire disparaître les malheureuses victimes qui s'y étaient succédées,

Certes, on traversait alors une période singulièrement troublée. Plus que jamais, la guerre était, nous ne dirons pas l'unique, mais la principale préoccupation de tous. Malgré tout, bien qu'elle absorbât presque entièrement tous les esprits, y compris ceux chargés de veiller sur la sécurité publique, il ne faudrait pas en conclure que la police était, à cette époque, inagissante, au point qu'un criminel tant soit peu hardi pouvait, sans aucun risque pour lui, supprimer les gens qui le gênaient ou dont il voulait s'approprier les dépouilles.

Tous les hommes de bonne foi seront de cet avis, il est toujours plus facile en temps d'hostilités que de paix de s'attaquer aux biens et même a l'existence de ses semblables.

Mais, de là à prétendre qu'on peut voler, piller, tuer, assassiner au nez et à la barbe d'une police complètement désaxée, c'est commettre une erreur et une injustice,

Ainsi que devait plus tard le proclamer l'éminent avocat général Robert Godefroy dont nous avons eu et nous aurons encore l'occasion, au cours de cet ouvrage, de citer d'importants extraits de son décisif acte d'accusation et de son magistral réquisitoire, la police française, pendant la guerre, a fait plus que son devoir et elle a eu en cela d'autant plus de mérite qu'en bloc et individuellement, elle n'a pas cessé, nous ne saurons trop le répéter, de faire toujours son devoir et il a fallu un bandit de l'envergure de Landru pour pouvoir, pendant plusieurs année consécutives, commettre cette série de crimes devant lesquels on demeure épouvanté…

Nous venons déjà de voir avec quelle astuce il les préparait, les combinait… et quand on saura quelle prudence, nous pouvons dire quelle méthode, il apportait dans leur exécution, on sera certainement moins surpris qu'il ait pu échapper si longtemps à un châtiment… et l'on en arrive même à se demander si, à une époque normale, il n'eût pas bénéficié de cette terrible impunité qui lui a permis, pendant plusieurs années, d'accumuler tant de victimes.

Le monstre, en effet, se tenait sur ses gardes. Sans doute, après la liquidation de l'infortunée Mme Guillin, s'est-il dit qu'il serait plus prudent de quitter Vernouillet… où, à certains signes encore vagues, avait-il cru remarquer que l'attention de ses voisines et principalement de ses propriétaires, commençait à se fixer sur lui. Pas encore, certes, avec malveillance, mais du moins avec une curiosité qui aurait bientôt pu devenir gênante…

Toujours est-il qu'il résolut de transporter ailleurs ses pénates.

Au cours de ses randonnées dans la grande banlieue parisienne, dont le but était à coup sûr de découvrir un nouveau gîte où il pourrait exercer en paix son atroce industrie, son attention avait été attirée par une villa située prés de Gambais, commune éloignée de Seine-et-Oise.

Elle s'élevait à trois cents mètres du village et était isolée de toute habitation. « Bien aménagée intérieurement, avec des dépendances commodes et spacieuses » ; possédant un grand jardin, elle offrait à Landru des garanties de discrétion et de sécurité que ne pouvait plus lui donner le pavillon de Vernouillet.

Il s'aboucha aussitôt avec son propriétaire, M. T…, ancien entrepreneur de travaux publics, qui demeurait à Melun. Il en devint locataire sous le nom de M. Dupont, domicilié route de Darnétal à Rouen. Il y transportait aussitôt ses meubles de Vernouillet et s'y installait aussi confortablement que possible.

Maintenant. Landru va pouvoir souffler. N'étant plus talonné par d'immédiats besoins d'argent, il pourra se consacrer à ce qu'il appelle ses devoirs de père de famille, c'est-à-dire à sa femme, pauvre personne falote et résignée qui, dans son aveuglement persistant, prend pour articles de foi tous les mensonges que son mari lui débite sur le ton le plus naturel du monde, et à ses deux fils, pleins de respect pour leur père qui exerce sur eux un ascendant tel qu'ils lui obéissent sans discuter et ne se permettraient pas de lui poser la moindre question…

Jamais, d'ailleurs. Landru n'a cessé de leur envoyer des subsides, de s'intéresser à eux, de leur rendre des visites. Il offre même à sa femme le petit secrétaire de la malheureuse Laborde-Line.

Que peut-il bien raconter aux siens ? Suspendus à ses lèvres comme à celles d'un oracle, ils l'écoutent… ils le croient… Il sait très bien que d'avance tout ce qu'il dit sera accepté. N'est-il pas le maître ? Il est obéi. Il est craint. Il est aimé… et dès qu'il connaîtra des embarras de trésorerie, il n'aura plus qu'à se remettre au travail… c'est-à-dire rouvrir l'ère de ses crimes mystérieux, abominables…

Quelle va être sa nouvelle victime ?

C'est une Havraise, la veuve Berthe Héon, qui est venue se fixer, en 1907, à Ermont (Seine-et-Oise). Prise comme bien d'autres à l'amorce d'une annonce insérée par Landru dans le journal du 12 juin 1915 et semblable à celle que nous avons citée plus haut, elle a écrit à M. G. C… qu'elle désirait se remarier et qu'elle acceptait d'entrer, dans ce but, en rapports avec lui…

Ainsi que nous l'avons déjà constaté, Landru était un méthodique. A l'abri de toute impulsion, il calculait tout… et ne livrait rien au hasard. Aussi avant de répondre à Mme Héon, il se renseigna.

Auprès de qui ? De la propriétaire, à laquelle il se présenta, avec son savoir-faire habituel, et qui, tout de suite, conquise par ses bonnes manières, lui raconta tout ce qu'il voulut lui faire dire.

C'est ainsi qu'il apprit que Mme Héon était venue se fixer à Paris, en 1907, qu'elle avait une fille qui s'était mis en ménage, de son côté, avec un sieur K… engagé au début de la guerre et tué à la fin de 1914. Enfin, que le 1er avril 1915, la jeune femme était morte à l'hôpital Necker.

Aux adroites questions que Landru lui posa, l'aimable propriétaire lui répondit qu'elle ignorait quelles étaient les ressources de sa locataire, mais qu'en tout cas, elle était en possession de deux mobiliers, le sien et celui de sa fille avec lequel elle habitait de temps à autre, rue de Rennes.

Elle ajouta que Mme Héon était une très bonne personne, très douce, très facile à vivre et qu'elle n'avait jamais eu d'ennuis avec personne.

Il n'en fallait pas davantage pour décider Landru, Le jour même, il écrivait a Mme Héon une lettre signée Petit et dans laquelle il lui demandait un rendez-vous.

La première rencontre eut lieu à Ermont, chez Mme Héon.

Cette fois, Landru se présenta sous la personnalité d'un industriel des pays envahis. Aux trois quarts ruiné par la guerre, il n'avait pas voulu, disait-il, attendre la fin des hostilités pour refaire sa fortune et il avait accepté une situation qui ne pouvait être que très brillante, celle de représentant au Brésil d'une importante fabrique de machine-outil.

Et fort astucieusement, il ajouta :

— Cela me plaît d'autant plus que je ne serai obligé de passer environ que cinq mois là-bas, et le reste du temps, je serai en France…

— Le Brésil, est, dit-on, un très beau pays ! minauda la pauvre veuve, en laquelle son séducteur a tout de suite repéré une femme sentimentale, romanesque, assez coquette et surtout ennuyée d'être seule.

Ainsi que celles qui l'ont précédé, elle se désignait elle-même au bandit en quête de butin, tel un fauve à la recherche d'une proie…

— Décidément, songea-t-il satisfait, on dirait qu'elles sont fabriquées en série…

Hé oui, Landru, elles étaient fabriquées en série, ces malheureuses qui voulaient à tout prix refaire leur vie ! Elles avaient toutes le même petit idéal : un peu de bien-être, un peu de bonheur, un peu d'amour. Elles étaient décidées à s'attacher, à se dévouer fidèlement, tendrement même, à celui qui réaliserait leur modeste rêve. D'avance, elles étaient prêtes à écouter favorablement les offres, les déclarations, les protestations de celui qui, prince charmant sur le retour, mais charmant tout de même, viendrait les tirer, Belles-au-Bois-dormant défraîchies, de leur léthargie sentimentale. Gobeuses, dira-t-on. Oh ! oui… Mais combien touchantes, combien à plaindre, ces pauvres femmes !

Et voilà Mme Héon qui s'enflamme à son tour. Loin de l'effrayer, un séjour annuel au Brésil l'enchante.

Lorsque j'habitais le Havre, dit-elle, je connaissais un capitaine de la marine marchande qui avait fait dans ce pays de fréquents séjours. Il en vantait beaucoup la beauté et me répétait souvent que la rade de Rio-de-Janeiro est le plus beau site du monde…

— C'est vrai ! bluffait magistralement le faux Petit. Je suis allé trois fois au Brésil et mon plus vif désir est d'y retourner, surtout en la compagnie d'une femme qui sait apprécier ce qu'elle voit et se plaît à admirer la nature…

La conversation engagée sur un pareil terrain ne pouvait manquer de prendre un tour favorable aux projets du hideux coquin. Mais Landru savait graduer ses effets… S'il avait le flair d'un bon chasseur, il avait aussi la patience d'un vrai pêcheur à la ligne… et ce ne fût que lorsqu'il fut bien sûr que Mme Héon mordait bien à l'hameçon, c'est-à-dire, à la suite de plusieurs entrevues, qu'il lui proposa carrément le mariage. Ainsi, qu'il s'y attendait, elle accepta d'emblée. Landru se garda bien de l'emmener tout de suite à Gambais. En effet. Il s'agissait avant tout pour lui de réaliser l'avoir de sa future victime.

Cet avoir, somme toute, était plutôt maigre et le sinistre bonhomme dut éprouver un vif désappointement lorsqu'il se rendit compte que l'actif de la veuve Héon était très inférieur à celui qu'il lui supposait…

Enfin, après avoir calculé que tous frais déduits, (nous verrons plus tard combien Landru était un homme d'ordre), il lui resterait encore un bénéfice… honorable, il résolut de brusquer les choses, trouvant inutile de manger d'avance la succession qu'il était en train de s'adjuger… et dont il avait besoin pour « faire le pont », en attendant la nouvelle affaire qu'il préparait déjà dans l'ombre.

Donc, le 30 septembre, Landru réglait, en compagnie de sa nouvelle fiancée, le loyer du logement d'Ermont. En même temps, sur ses conseils. Mme Héon vendait à un marchand de meubles ses deux mobiliers, et se débarrassait de l'outillage de M. K…, l'ami de sa fille, au profit d'un tailleur du faubourg Montmartre. Cela fait, elle se déclarait prête à suivre Landru…

— A quand la noce demanda-t-elle radieuse.

— Dès que j'aurai reçu mes papiers, répondait Landru. Mais j'ai peur que ce soit un peu long. Les communications avec les pays envahis sont extrêmement laborieuses. Heureusement, que j'ai un cousin très bien placé au ministère des Affaires étrangères, et grâce à lui, j'en suis sûr, nous n'attendrons pas longtemps.

— En attendant, pour ne pas perdre de temps, je vais m'occuper de nos deux passeports pour le Brésil.

Le gredin avait réponse à tout et savait donner à ses plus éhontés mensonges les apparences de la plus saine vérité.

Comment Mme Héon, ainsi que ses devancières, et celles qui devaient lui succéder, n'aurait-elle pas accordé toute leur confiance à un homme doué d'une telle puissance de persuasion ? Aussi, lorsqu'après lui avoir joué, et avec quel art, la comédie du grand amour, Landru demanda à Mme Héon de cohabiter avec lui, il n'eut pas grand-peine à vaincre sa légère résistance…

— Puisque nous allons nous marier ! s'écrie-t-il. Un jour plus tard, un jour plus tôt, qu'importe ! Nous ne sommes plus des gosses. Nous ne devons de comptes à personne. Ni vous, ni moi, n'avons d'enfants, ni même de famille. Nous nous aimons, à quoi bon retarder, par des préjugés inutiles, l'instant d'un bonheur auquel nous espérons ?… Berthe, je vous en supplie, vous ne refuserez pas d'être à moi. Vous ne voudrez pas que je sois le plus malheureux des hommes… Berthe céda. Ils s'en furent cohabiter à l'hôtel de l'Union, 8, rue de Budapest, puis dans une chambre du quartier des Ternes, mais quelques jours seulement, L'assassin avait hâte d'en finir.

Alors, il fait transporter à Gambais trois cents kilos de charbon et une cuisinière qu'il a achetée chez un quincaillier de Houdan. La maison est prête pour recevoir ses hôtes !…

Landru en a fait à son amie, une description des plus attrayantes… et bien qu'elle n'aime guère la campagne pendant l'hiver, (on est en décembre), elle consent cependant à s'y rendre.

Elle est très économe, elle aussi, et elle est de l'avis de son compagnon : l'hôtel, ça finit par coûter trop cher ! Ils partent non pas en auto, Landru a remisé sa camionnette dans le hangar de sa nouvelle villa, mais en chemin de fer. Le gredin prend lui-même au guichet deux billets pour Garancière, la gare qui dessert Gambais. Mais il prend un billet double et un billet simple. Le billet aller et retour, pour lui ; l'autre, pour sa compagne. Il n'y a pas de petites économies. Il sait très bien que la veuve Héon ne reviendra pas à Paris. En effet, elle ne devait jamais reparaître.

Cours à la mort, malheureuse, le sourire aux lèvres ! Cet homme, ce fiancé, cet amant qui t'avait déjà condamnée, lorsqu'il te tenait dans ses bras et qu'il te faisait vibrer sous ses étreintes, sous ses baisers, sous ses caresses, ce vampire, non pas des morts mais des vivants, va, la nuit prochaine, t'envoyer rejoindre celles qu'il a déjà sacrifiées, où ?… Comment ?…

Jamais tu ne sortiras de ta tombe mystérieuse pour nous le révéler !

Chapitre VI : Le bec de gaz. Landru « roule sur la jante ». La conquête d'une famille. Encore une victime. Le concierge et le secret professionnel.

Depuis un certain temps, c'est-à-dire vers le début de mai 1915, Landru, toujours au moyen d'une petite annonce, était entré en relations avec une autre veuve, Mme Collomb, qui remplissait toutes les conditions requises pour devenir une de ses fiancées.

« Femme d'un commissionnaire en soierie, elle s'était placée, après la mort de son mari, dame de compagnie à Marseille ; puis elle était venue à Paris où elle était entrée comme dactylographe à l'Union Prévoyante. Habitant un gentil appartement, 15, rue Rodier, elle était âgée de quarante-quatre ans ; fort bien conservée, elle s'habillait avec goût. Douée d'un heureux caractère, elle aurait pu faire une compagne très agréable. De plus, elle avait huit mille francs d'économies. Inutile de dire que c'est ce qui intéressait uniquement notre moderne Barbe-Bleue.

Mais Mme Collomb n'était pas libre. Elle avait un ami, M. B…, avec lequel elle vivait depuis longtemps… et elle hésitait à rompre, même pour contracter le mariage légitime que Landru, qui s'était donné à elle pour un M. Georges Cuchet réfugié de Lille et directeur d'une usine à Montmartre, avait naturellement fait miroiter à ses yeux.

Il n'insista pas !… N'avait-il pas affaire ailleurs, avec Mme Laborde-Line, Guillin et Héon ? Malgré tout, il n'avait pas rompu avec la belle Mme Collomb. Celle-ci, dans l'intervalle, avait définitivement quitté son ami et quelques jours après la disparition de Mme Héon, il reprenait avec elle des relations plus actives qui devaient bientôt se terminer par des fiançailles en règle.

Mais Landru était trop fin psychologue pour ne pas s'être rendu compte que la veuve de l'ancien commissionnaire n'était pas de la même série que ses précédentes conquêtes.

Plus fine, plus cultivée, elle n'était point de celles que l'on endort avec un regard, ou que l'on grise avec des paroles. Il lui fallait, moralement et matériellement, du positif. Il lui en donna, il commença par louer un petit logement rue de Châteaudun, sous le nom de Frémyet, prétextant qu'il pourrait ainsi, grâce à ces deux noms, continuer à toucher son allocation de réfugié… tout en possédant un pied-à-terre à Paris et une villa à la campagne. Ensuite, il raconta à Mme Collomb. toujours avec cet accent de sincérité qui le rendait si redoutable, qu'il avait reçu d'importantes commandes du gouvernement et allait monter une usine dans le Midi. A l'appui de ses dires, il mit sous les yeux de la veuve des plans, des lettres, des documents qu'il avait fabriqués lui-même et qui, pour quelqu'un de peu averti, ne pouvaient être que d'une authenticité indiscutable…

Quand il l'eut bien malaxée, convaincue, embobinée, il l'emmena à Gambais, avec son petit magot qu'il lui avait fait retirer de l'agence A. E. du Comptoir d'Escompte. Car il n'avait pas envie de se relancer dans des complicités bancaires. On ne réussit pas toujours le coup de la Banque de France…

Landru allait donc ajouter un nom à la funeste liste, lorsqu'un incident, qu'il n'avait pas prévu se produisit, l'obligeant à retarder l'exécution de sa nouvelle victime.

Le soir de son arrivée, le sire de Gambais avait été un peu surpris de constater qu'au cours du dîner, Mme Collomb qui, jusqu'alors, s'était toujours montrée si pleine d'entrain et de gaité, avait une mine plutôt soucieuse. A plusieurs reprises, il lui demanda si elle n'était pas souffrante ou si elle n'avait pas quelques ennuis. Et chaque fois, elle lui répondait :

— Je n'ai rien. Je vais très bien, au contraire, et je suis très contente...

Mais tout à coup, au dessert, comme Landru se penchait vers elle pour l'embrasser, elle éclata en sanglots. L'attirant dans ses bras, le gredin lui demandait d'une voix pleine d'affectueuse compassion :

— Tu as du chagrin, ma belle et tu ne veux pas me le dire. Pourquoi me le cacher... C'est ton ami qui te fait des misères ?

— Non ! Non ! sanglotait la malheureuse.

— Alors, quoi !... Apprends-moi la vérité !... Tu n'as donc pas confiance en moi ?

— Oh si !

— Alors !

— Georges, je t'ai raconté que je n'avais pas de famille.

— Oui... eh bien ?...

— Je t'ai menti, j'ai encore mon père et ma mère et une jeune sœur...

— Pourquoi ne m'as-tu pas dit cela ?

— Parce que j'avais peur que cela t'empêchât de m'épouser.

— Tu es folle !…

— Et puis… Je n'osais pas leur apprendre que j'étais fiancée…

— Tu rougis donc de moi ?

— Georges ! Comment peux-tu avoir une pensée pareille ! j'avais peur qu'ils ne te plaisent pas… et que tout cela fasse des discussions…

— Comment une femme aussi intelligente que toi peut-elle se mettre en tête des idées aussi fausses ?

Et sur un ton de plaisanterie voulue et même appuyée, Landru s'écriait :

— Ce ne sont pas eux que j'épouse, n'est-ce pas ?

— Je te demande pardon ! reprenait la pauvre femme, en entourant de ses bras l'abominable gredin qui lui souriait hypocritement, d'un air de supériorité indulgente.

Et il reprenait :

— Alors… tu n'as pas fait part de notre mariage à ta famille ?

— Si, hier, quand je suis allée embrasser mes vieux, je n'ai pas pu leur cacher mon projet, ainsi qu'à ma sœur qui était là. Je leur ai dit tout le bien que je pensais de toi… Ils voudraient bien te connaître…

— Tu leur as donné ton adresse ici ?…

— Mais oui, tu comprends, on ne sait jamais. Mon père et ma mère sont très âgés. S'ils tombaient malades, je ne voudrais pas être sans nouvelles. C'est tout naturel, n'est-ce pas ?

— Mais oui.

— Tu m'en veux ?

— Mais non.

— Bien vrai !

— Je te le jure.

Et il ferma d'un baiser les lèvres qui l'imploraient.

Au fond, le misérable enrageait. Il venait de tomber sur un bec de gaz.

S'il assassinait Mme Collomb dans la nuit, ou le lendemain, ainsi qu'il le projetait, sa brusque disparition n'allait-elle pas jeter parmi les siens une alarme immédiate ? Or, ils savaient où elle était…

Leurs premières recherches se porteraient immanquablement de son côté, et, malgré toutes les précautions mystérieuses dont il s'entourait pour exécuter ses victimes, n'était ce pas un jeu trop dangereux que d'attirer sur lui l'attention de la police ?… Un moment, Landru eut la velléité de renvoyer Mme Collomb, mais les huit mille francs qui constituaient son avoir était pour lui un rapport trop considérable pour qu'il s'arrêtât à une telle décision, d'autant plus que la succession de Mme Guillin n'ayant guère produit, tous frais déduits, qu'un millier de francs, Landru, suivant son expression, commençait à rouler singulièrement sur la jante. Les huit mille francs, il les tenait à portée de sa main et il était trop âpre aux gains, même les plus modestes, pour les laisser échapper.

Mentalement, il accorda donc un sursis à celle qui continuait, tout en pleurant, à lui dire :

— Tu ne veux, pas me le dire, mon Georges, mais tu es fâché !

— Je te répète que non…

— Je sais que tu es très bon ; mais ça ne fait rien, je ne suis pas tranquille. Si tu savais combien le regrette d'avoir manqué de franchise envers toi. Je crains que tu ne m'en tiennes rancune.

— Tu as bien tort, ma chérie. Après tout, qu'est-ce que tu veux que ça me fasse que tu aies une famille ? du moment que tu ne me l'imposeras pas !

— Cela, jamais ! D'ailleurs, ils sont trop discrets, très gentils ; je suis sûre que lorsque tu les verras, ils te plairont beaucoup...

— C'est fort possible ! Mais je t'avouerai franchement que je ne tiens pas du tout à faire leur connaissance.

— Pourquoi ?

— Oh ! pour rien.

— Tu es encore fâché... Si, si, je le vois, j'en suis sûre : tu n'es plus le même !

— Encore !

— Et moi qui me faisais une fête de cette première nuit passée ici... Je sens bien que, désormais, il va y avoir de la gêne entre nous...

— De la gêne ! Allons, calme-toi... Tu sais bien que je t'aime et que je ferai tout pour que tu sois heureuse.

Landru avait prononcé ces mots avec un tel accent de passion contenue mais sincère que la malheureuse, subitement rassurée, s'écriait :

— Alors, tu me permettras de voir les miens, de temps en temps ?

— Tant que tu voudras !

— Comme tu es bon !...

— C'est tout naturel !... et puisque tu y tiens tant... eh bien, ... je les verrai aussi.

— Embrasse-moi !

Ils s'étreignirent. Puis elle reprit, le visage rasséréné et même redevenu souriant :

— Puisque tu es si gentil, sais-tu ce que nous allons faire ?

— Je te vois venir ! fit Landru toujours perspicace. Tu voudrais demander à tes parents de venir passée une journée ici.

— Pas mon père et ma mère. Nous irons les voir à notre prochain voyage à Paris, Mais ma sœur... Si ça te déplaît, dis-le-moi, je n'insisterai pas.

Landru réfléchit, qu'après tout, puisqu'il ne pouvait pas éviter cette famille, il était peut-être plus prudent de sa part de se mettre bien avec elle.

Et tout haut, il reprit :

— C'est entendu ! puisque cela te fait un si grand plaisir, écris à ta sœur de venir déjeuner avec nous... voyons, nous sommes le 21... eh bien ! le 24.

De nouveau, Mme Collomb sauta au cou du monstre.

Trois jours après, sa sœur, Mme M..., arrivait à Gambais. Landru lui prodiguait aussitôt toutes les marques de la sympathie la plus vive. Un excellent déjeuner avait été préparé... La table était ornée de fleurs. Le prétendu Georges Cuchet se montra, envers sa future belle-sœur, plein de prévenances et d'attentions. Il acheva de conquérir ses bonnes grâces, en lui affirmant que Mme Collomb et lui seraient en mesure de régulariser leur situation dans un délai assez rapproché. Bref, il produisit sur Mme M... une excellente impression. Elle félicita vivement sa sœur de son choix et lorsqu'elle rentra le soir chez ses parents, elle eut ce mot :

— M. Cuchet est charmant. Anna ne pouvait pas mieux tomber !...

Le lendemain, sous prétexte de se rendre au ministère de l'Armement, demander certains renseignements au sujet de sa future usine, Landru se rendait à Paris. Sa fiancée l'accompagnait, et laissant son Georges à ses occupations, elle s'en allait voir ses parents qui lui disaient combien leur fille était revenue satisfaite de sa visite à Gambais. Complice insouciante de son propre assassin, Mme Collomb en faisait à son père et à sa mère un éloge enthousiaste. Elle leur dit qu'il l'avait chargée de l'excuser auprès d'eux de ne pas être venu les voir avec elle… mais elle leur assura qu'ils viendraient tous deux, le premier janvier, leur souhaiter une bonne année… et après leur avoir témoigné tous les témoignages de sa tendresse, elle les quittait pour rentrer à Gambais, car, disait-elle, elle avait beaucoup à faire pour mettre tout en ordre dans la villa. Un ménage de garçon, ça se comprend… Un homme a beau être ordonné, méticuleux, et c'était le cas, il faut toujours la main d'une femme dans une maison ! Et elle partit exultant d'allégresse.

Ni son père, ni Sa mère, ni sa sœur, ne devaient jamais la revoir !

Landru l'attendait à la gare. Il prit deux billets pour Garancière, un aller et retour pour lui, un billet simple pour elle… comme pour Mme Guillin.

C'est le lendemain, le 27 décembre, dans l'après-midi, que le drame dut se passer. En effet, le matin, le gredin avait acheté de la viande pour deux personnes. Mais le soir, il rentrait seul à Paris.* (Dans le fameux carnet de Landru, dont il sera parlé postérieurement, et qui contenait des éléments si précieux pour la justice, on lit, au feuillet du 27 décembre, le chiffre «4». en même temps qu'un relevé de compte de cinq mille soixante-sept francs quatre-vingt-cinq au recto, et le chiffre 6,4 au verso. Quatre heures de l'après-midi. C'est l'heure où Landru a donné la mort à Mme Collomb.)

Maintenant, Landru, avec un sang-froid dont le cynisme n'a pas de limites, va s'efforcer de dérouter les parents de sa victime, ou tout au moins de lancer dans une fausse direction les recherches auxquelles il y a de grandes chances qu'ils vont se livrer. Déjà, il à bâti son plan, car ce formidable criminel est doué d'une fertilité d'imagination qui n'a d'égale que son infernale roublardise.

Il se hâte d'abord de déménager de son pied-à-terre de la rue de Châteaudun, où il sait que cette adresse est connue de la famille de Mme Collomb, et il s'en va habiter rue de Maubeuge, sous un autre nom, celui de Guillet. Il sait, d'autre part, que sa victime a laissé chez une débitante, Mme G... une petite dette urgente.

Un jour, elle n'a pas réglé, faute de monnaie le montant de deux bouteilles d'eau-de-vie. Une réclamation est à craindre, Landru envoi, le 19 janvier 1917, son fils Maurice, qui a été mobilisé et est en ce moment en permission, régler la dette, comme s'il était le mandataire de Mme Collomb.

Stylé par son père qui, d'ailleurs, ne lui a donné qu'une consigne formelle, sans la moindre explication, le jeune soldat répète fidèlement à la cabaretière la leçon que Landru lui a faite, à savoir que dans le Midi, à Valence. Il a rencontré, à une table d'hôte, Mme Collomb, qui, apprenant qu'il se rendait à Paris, l'a prié de passer chez la débitante et de lui remettre, avec sa carte, la somme de vingt francs pour solder ce qu'elle lui doit.

Il se présente ensuite, lui-même, au domicile de Mme Collomb, rue Rodier et il raconte à la concierge, Mme L..., qu'il s'est mis en ménage avec sa locataire, qu'elle est très heureuse ne manque de rien, qu'elle ne rentrera pas de sitôt à Paris, et qu'elle a des raisons sérieuses pour ne pas donner de ses nouvelles.

Et plaçant dans les mains de la concierge un billet de, dix francs ; il lui dit :

— C'est pour assurer votre secret professionnel ! Enfin, dans le but de prévenir des recherches dangereuses pour sa sécurité, Landru fait porter par son fils à Mme M…, la sœur de Mme Collomb, un colis, portant l'étiquette de la gare de Nice, et renfermant un magnifique bouquet auquel est joint une carte de Mme Collomb, avec au-dessous les initiales manuscrites G. C. c'est-à-dire Georges Cuchet.

Le bandit espérait ainsi faire croire à la famille M… que la veuve était en voyage dans le Midi avec lui et calmer les alarmes auxquelles pouvait donner lieu une absence aussi imprévue et aussi prolongée…

Mais cette fois, les prévisions du Barbe-Bleue de Gambais n'allaient pas se réaliser. De plus en plus inquiets du silence persistant de Mme Collomb, la famille M…, s'étant rendu compte, d'ailleurs, que le colis ne venait pas de Nice et que l'étiquette de la gare d'origine avait été faussement apposée, s'alarma tout de bon.

Mais par crainte d'un scandale, car, à ce moment, Mme M… était fiancée à un M. P… qu'elle devait épouser par la suite, ces braves-gens, au lieu de s'adresser a la police officielle, s'en furent trouver un détective privé le sieur G…, qui se mit aussitôt en campagne. Ses recherches demeurèrent infructueuses, et il dut bientôt renoncer à percer le mystère…

Mais un drame encore plus tragique que les quatre autres, allait s'ajouter à ceux dont nous venons fidèlement, véridiquement, de retracer les péripéties

Landru cette fois, allait s'attaquer à une jeune fille, de dix-neuf ans.

Chapitre VII : Bluffeuse et ingénue. La femme de chambre de la cartomancienne. Une histoire de Bijoux Landru roulé. Landru se venge.

— Maman, je t'assure que c'est fini. Je ne veux plus entendre parler de Robert…

— Pourtant…

— Je vais lui écrire que c'est fini ; et qu'il ne doit-plus compter sur moi…

— Tu vas lui faire beaucoup de peine.

— C'est possible… et je le regrette, mais j'aime les situations franches…

— Songe qu'il est au front, qu'il se bat, que cela peut lui porter un coup terrible. Attends au moins qu'il vienne en permission.

— C'est impossible. Il ne sera pas là avant trois mois d'ici. Il faut que je prenne tout de suite une décision.

— Réfléchis encore, ma pauvre petite…

Et Andrée Babeley, une jolie fille de dix-neuf ans, au visage éveillé, au gracieux, sourire, mais au front têtu et au menton volontaire, scanda avec une énergie qui démontrait que rien ne la ferait revenir sur ce qu'elle avait résolu :

— J'ai réfléchi, maman, il n'y a rien à faire.

Sa mère, une veuve remariée en secondes noces à un monsieur C…, artisan modeste mais laborieux, et honnête, poussa un profond, soupir. Elle connaissait le caractère de sa fille. Elle savait que bien qu'incapable d'une méchanceté volontaire, elle suivait toujours ses impulsions. Elle n'ignorait pas non plus qu'elle tenait à paraitre belle, qu'elle dépensait tout son argent à sa toilette qui était toujours très soignée, et qu'elle aimait à se faufiler dans des milieux d'un rang plus élevé que le sien où belle parleuse et, naturellement élégante, elle, donnait immédiatement l'apparence d'appartenir à une condition sociale supérieure à celle qu'elle occupait. Jamais, en effet, on aurait pu soupçonner, qu'elle ne vivait que de son salaire de domestique au service de Mme V... cartomancienne rue de Belleville, qui tenait beaucoup à elle, parce que, disait-elle, rien qu'à sa façon de recevoir les clients, elle donnait du chic à sa maison.

Jusqu'alors, Andrée n'avait pas eu, d'autre aventure, amoureuse qu'une idylle, avec un jeune soldat : qu'elle avait connu chez des amis, et qui lui avait plu, parce qu'il était gentil garçon et qu'il avait de bonnes manières. Ils s'étaient fiancés, comme on se fiançait souvent pendant la guerre... et lui, sincèrement, de toute son âme. Elle à la légère dans, un coup de tête, beaucoup plus que de cœur...

La, maman qui n'avait pas été sans prévoir la fragilité des promesses que sa fille avait faites à celui qui ne demandait qu'à l'aimer vraiment, se disait :

— Un autre a dû passer par la !

Et tout, haut, elle, hasarda :

— Est-ce que tu aurais trouvé quelqu'un de mieux ?

— Oui maman, répondit Andrée avec sa franchise coutumière.

— Qui est ce ?

— Ah ! voila !

— Comment à moi ta mère, tu ne veux pas me dire la vérité ! Aurais-tu donc quelque chose à te reprocher ?,

— Pas ça, maman ! protestait Andrée, en faisant claquer ses ongles contre ses dents superbes.

— Alors ?

— Voila, mon prétendant ne voulais pas que je parle avant d'être sûr de pouvoir m'épouser.

— Il n'est donc pas libre ?

—Si ! il est évacué du Nord, et il a toutes sortes de difficultés pour faire revenir ses papiers. mais il a un ami très influent à l'ambassade d'Espagne, et grâce à ce haut fonctionnaire, il espère bien qu'il pourra venir sous peu te demander ma main.

— Comment s'appelle-t-il ?

— André comme moi.

— Son nom de famille !

— Cuchet, il est intéressé dans une usine de guerre et il va en fonder prochainement une autre dans le Midi…

— Comment l'as-tu connu ?

— Un soir, au cinéma. Surtout, maman ne va pas te mettre des idées en tête. Ce monsieur n'est pas le premier venu ; Ce n'est pas un jeune homme. Il doit même avoir dans les quarante à quarante-cinq ans. Mais il est si distingué. Il parle si bien, et avec cela il est plus gai que bien des jeunes gens. Ce sera pour moi le compagnon idéal, et tout a fait celui dont je rêvais. Quand tu le verras, et cela ne tardera pas. Je suis sûre qu'il te plaira beaucoup… et que tu me diras que j'ai tiré le bon numéro à la loterie du mariage !…

Et, avisant sur la cheminé un portrait où toute la famille C…
et elle-même avaient eu la fantaisie de se faire photographier en
costumes roumain elle le prit en disant :

— C'est pour lui montrer, je te le rapporterai demain !… C'est
mon jour de congé… si tu veux, j'en profiterai pour faire avec toi
quelques courses. Il n'y aura qu'à nous retrouver vers deux heures à
la station du métropolitain de la place de la République.

— C'est entendu.

Andrée embrassa tendrement sa mère pour laquelle elle avait
beaucoup d'affection.

— Surtout, ne t'en fais pas, dit-elle, et à demain !

Andrée n'avait pas dit toute la vérité à Mme C… Prise, fasci-
née, engluée par Landru qu'elle avait, en effet, rencontrée un soir
dans un établissement cinématographique des grands boulevards,

Après avoir accepté avec enthousiasme l'offre de se marier, elle
avait non sans une certaine résistance accepter de devenir en attendant, sa maîtresse.

Quelles raisons avaient, pu déterminer le sire de Gambais à attirer dans ses filets cette jeune fille qui ne vivait que de son salaire
de femme de-chambre et ne possédait ni mobilier, ni économies ?

Ainsi que nous venons de le dire, Andrée Babeley était très
bluffeuse, et Landru allait être bluffé à son tour.

Ce qui avait attiré sur elle l'attention du misérable, ce n'était
nullement le physique agréable de la jeune camériste, mais bien le
collier de perles très simple, mais vrai, et les quelques bagues
qu'elle portait aux doigts. D'un coup d'œil d'expert, il avait évalué
ces bijoux à une vingtaine de mille francs : Quelle aubaine !

Ce qu'il ignorait et ce que sa nouvelle conquête s'était bien gardée de lui dire, c'est que ces bijoux appartenaient à Mme V... la cartomancienne de la rue de Belleville. En effet, chaque fois qu'elle le pouvait Andrée empruntait les bijoux de sa patronne à son insu, et les remettait fidèlement en place le lendemain car si elle était légère et inconséquente, elle était incapable d'une action malhonnête, et pour rien au monde, elle n'eût consenti à s'approprier un objet qui ne lui appartenait pas.

Landru et Andrée Babeley s'étaient donc bluffés l'un et l'autre... Voilà pourquoi, si Landru ne tenait pas, pour les raisons que l'on sait, à être présenté à la famille de sa nouvelle fiancée, Andrée, redoutait fort qu'une prise de contact n'apprit à son séducteur qu'au lieu d'être ainsi qu'elle le lui avait raconté une « jeune fille de la société », éprise de liberté et désireuse de vivre sa vie, elle n'était qu'une simple boniche au service d'une tireuse de cartes...

Aussi avait-elle, hâte d'en finir avec une situation qui, en se prolongeant, menaçait de se gâter.

Landru lui ayant joué, avec son talent habituel la comédie d'amour, la jeune personne, qui, si elle n'était pas une sotte, manquait évidemment d'expérience et de discernement, se dit que la meilleure façon de s'attacher son fiancé ; était, ainsi qu'il l'en suppliait si instamment, de devenir sa maitresse, en attendant le mariage. Aussi, en quittant sa mère ; elle s'en fut directement chez sa patronne qu'elle avait déjà mis au courant de ses projets matrimoniaux, et lui annonça son départ pour le lendemain.

Mme V... qui appréciait beaucoup son employée et l'avait même prise en très réelle amitié, lui recommanda d'être, prudente et de bien se renseigner sur « ce monsieur ».

Andrée, sans lui donner plus de détails qu'à sa mère et pour la même raison, lui affirmât qu'elle était certaine d'avoir rencontré le bonheur.

Dès le lendemain, munie d'une malle qui contenait des vêtements, du linge, quelques objets personnels ; son bulletin de naissance ; son certificat de travail ; une carte d'identité ; les photos des siens, elle retrouvait Landru qui l'installait dans la chambre qu'il avait louée, au début de février, rue de Maubeuge. D'accord avec elle, le sire de Gambais la faisait passer aux yeux de la concierge pour une fille de province à laquelle il allait donner l'hospitalité. Usant, déjà de l'ascendant qu'il avait acquis sur la pauvre petite ; ainsi que sur ses autres victimes, il lui dicta un pneumatique dans lequel elle annonçait à sa mère qu'elle décommandait le rendez-vous qu'elle avait pris avec elle pour ce jour-là, et ajoutait « qu'ayant quitté sa place, et ne voulant pas rentrer à la maison, elle avait accepté un remplacement provisoire à la campagne, où elle devait partir l'après-midi. »

Cela fait, les deux amoureux, s'en furent déjeuner dans un restaurant du voisinage,

Landru ne fut pas sans éprouver quelque surprise en constatant, que sa charmante compagne ne portait aucun des bijoux qu'elle avait jusqu'alors si complaisamment étalés au cours de leurs diverses rencontres. Mais il était beaucoup trop malin pour risquer à ce sujet la moindre remarque. D'autant plus que prenant les devants, Andrée déclarait négligemment, au cours du repas, à son fiancé, que sachant qu'ils dotaient partir prochainement avec elle en voyage, elle avait jugé plus prudent de déposer ses bijoux dans le coffre d'une amie…

— Par les temps qui court, déclarait-elle avec un aplomb imperturbable, on risque d'être dévalisé par les rats d'hôtels…

Avec son plus engageant sourire, Landru répliquait :

— Rassurez-vous, ma chère belle, j'ai changé d'avis. Ce n'est pas à l'hôtel que je veux vous emmener, mais dans ma propriété de campagne que je possède en Seine-et-Oise.

— J'aime mieux cela ! s'écriait Andrée toute joyeuse.

— Là, renchérissait le gredin de sa voix insinuante nous serons beaucoup mieux que n'importe où pour goûter la saveur de notre première lune de miel… et vous pourrez vous y parer, sans crainte d'être dévalisée, de ce beau collier et de ces jolies bagues qui vous vont si bien.

Andrée ne sourcilla pas.

— Le tout, se disait-elle, est de gagner du temps.

Une idée, idée qui devait lui être fatale, avait delà germé dans son esprit. Elle avait touché le montant de son salaire, et, avec ses petites économies, elle disposait de cinq cents francs environ. C'était plus qu'il ne lui en fallait pour se procurer un faux-collier et de fausses bagues, grâce auxquels, toujours bluffeuse, elle comptait bien donner le change à son prétendant.

Ah ! si elle eut soupçonné quel monstre se cachait sous cet homme d'âge mur, d'aspect peu séduisant et auquel pourtant elle se sentait attirée, non pas seulement par intérêt, par ambition mais par une sorte de désir beaucoup plus cérébral que sensuel !… provoqué en elle par l'orgueil préventif d'appartenir à un chef d'industrie, à un vrai monsieur, et de devenir à son tour, ce qu'elle a toujours rêvé d'être, une femme du monde…

La pauvre, comme elle se fut enfuie pour se jeter dans les bras de sa maman, et raconter ses désillusions à sa patronne, la bonne Mme V… qui, prenant au sérieux son rôle de cartomancienne, lui avait pourtant prédit qu'elle devait se méfier d'un homme barbu qui lui voulait du mal.

Mais non ! comme toutes ses devancières dans la mort, elle est sans méfiance, sans peur, elle croit que c'est arrivé…

Dans d'après-midi, Landru lui déclara qu'il avait un important rendez-vous au ministère de ln guerre. Saisissant la balle au bond, elle s'écria :

— Je vais en profiter pour aller chercher mes bijoux, chez mon amie…

Landru respire. Tout va bien. Et, après avoir remis à sa compagne, les clefs de son appartement de la rue de Maubeuge, il lui dit :

— Tu n'auras qu'à rentrer tout de suite et m'attendre. Je serais certainement là avant six heures.

Ils se séparèrent, lui pour s'en aller à un rendez-vous avec une autre femme qu'il était en train d'amorcer, elle pour faire l'emplette qu'elle avait projetée.

Andrée Babeley trouva facilement des faux bijoux se rapprochants de ceux de sa patronne. Afin d'achever de jeter de la poudre aux yeux de son « monsieur » elle fît l'acquisition d'un petit coffre dans lequel elle serra le collier et les bagues préalablement enfermé dans des écrins quelque peu usagés qu'elle s'était procurée chez un marchand de bric à brac, et elle rentra triomphalement rue de Maubeuge où elle eut la bonne surprise de retrouver son compagnon. Elle lui montra le coffret, sans l'ouvrir et lui dit simplement :

— Tout est là !

Landru lui proposa de le ranger dans une armoire qui fermait à clef. Elle accepta, et tous deux s'en furent prendre l'apéritif et diner sur les boulevards.

Jugeant l'affaire dans le sac, Landru proposa à sa fiancée de partir le lendemain pour Gambais. Très excitée à la pensée de jouer à la châtelaine, elle y consentit tout de suite.

Le lendemain, vers deux heures, le misérable prit à la gare un billet simple pour Andrée Babeley, un billet d'aller et retour pour lui, et ils arrivaient à destination par un de ces aimables soleils de fin de mars qui acheva de mettre en gaieté l'ancienne femme de chambre de la cartomancienne. La pauvre fille trouva la villa confortable, le jardin fort agréable et le pays très plaisant. Après s'être installée rapidement, elle s'amusa même à arracher les mauvaises herbes et s'exerça à monter sur la bicyclette de Landru.

Le soir, un peu avant l'heure du diner, elle demanda à celui-ci de lui rendre son coffret…

— Je vais, disait-elle, mettre mes bijoux pour vous faire honneur.

Sans se faire prier moindrement, le gredin lui remit ce qu'elle lui demandait. Mais lorsqu'elle eut, devant lui, retiré le collier et les bagues de leurs écrins, Landru, qui avait l'œil beaucoup plus exercé que ne le supposait Andrée Babeley, s'aperçut non seulement que les bijoux n'avaient rien de commun avec ceux qu'il avait déjà vu, encore qu'ils étaient comme on dit vulgairement : en toc.

Qu'allait-il faire ? Renvoyer la jeune personne. Il en eut un moment grande envie, car, intérieurement, il enrageait d'avoir été roulé par une gosse de dix-neuf ans. Mais, le sire de Gambais était de ces caractères réfléchis et pondérés qui se méfient de leur premier mouvement et ne se laissent jamais emporter par la mauvaise humeur.

Tout de suite, il se dit :

— Si je la chasse, elle n'est point femme à accepter cette solution sans récriminer et sans faire de tapage, elle prétendra que je l'ai attirée rue de Maubeuge que pour abuser d'elle, et qu'une fois le but atteint... je l'ai lâchement laissée tomber. Elle a des parents... des amis. Elle les ameutera contre moi... Je serais bien sot de courir les risques d'un scandale qui pourrait attirer sur moi l'attention de la police, surtout quand il m'est si facile de l'éviter ! La petite a voulu m'avoir. Elle m'a eu. A mon tour... et tant pis pour elle !...

Dissimulant son jeu avec cette duplicité infernale qui semblait innée en lui, il feignit d'admirer vivement les bijoux d'Andrée. Il la complimenta sur la façon dont elle les portait, lui affirma que ce serait pour lui un vif plaisir que de lui en offrir d'autres encore plus beaux, et que cela ne tarderait pas. La nuit commençait à tomber. Il se mit alors à parler bas à l'oreille de la pauvre enfant. Sans doute lui murmurait-il des paroles d'amour et cherchait-il à éveiller en elle le désir qui allait achever de la livrer sans défense à ses nouvelles étreintes... Bientôt, fermant à demi les yeux, elle s'abandonna à son séducteur, à son assassin, qui, d'une main furtive, poussa le verrou de la porte.

Quelques jours après, la famille d'Andrée ne recevant plus d'elle aucune nouvelle, s'adressait à la police qui se mettait aussitôt en mouvement. Mlle Babeley fut en vain recherchée dans toute la France. On présenta à ses parents les photos de soixante-sept femmes , toutes non identifiées de la Morgue de Paris. La malheureuse mère crut même un jour reconnaître le corps de son enfant. Mais c'était qu'une erreur, il fut bientôt démontré que c'était le cadavre d'une jeune suicidée nommée Blanche Coudert. Une fois de plus, le sire de Gambais. avait gardé son secret.

Chapitre VIII : Le répertoire aux fiches. Opérations d'ensemble. « Tonton Frémyet ». Allons essayer le plumard ! Un pèlerinage au sacré cœur. Le roi des menteurs.

Non seulement son dernier crime n'avait pas rapporté un centime à Landru, mais il lui avait même occasionné certains débours qui n'étaient point sans peser lourdement sur sa trésorerie déjà mal équilibrée. Il lui fallait donc aviser au plus tôt pour remplir sa caisse… d'autant plus qu'il n'était point sans avoir contracté quelques dettes, et que certains de ses créanciers commençaient à devenir menaçants.

Le gredin, d'ailleurs, n'avait que l'embarras du choix. Depuis longtemps, il avait constitué une sorte de répertoire de toutes les femmes avec lesquelles il avait été en correspondance. L'instruction nous a révélé que l'on pouvait en compter deux cent quatre-vingt-trois ! Il ne faudrait pas se figurer que Landru ne s'occupait que d'une seule fiancée à la fois. Loin de là ! il en menait toujours plusieurs de front, s'informant de leurs ressources, de leurs relations ; étudiant leurs goûts, leur caractère, leurs habitudes, leur tempérament. Il appelait cela « planter ses jalons », et c'est seulement après s'être méticuleusement documenté sur elles et s'être ménagé, ainsi que nous l'avons vu, toutes les garanties d'impunité possibles, qu'il se décidait à les diriger sur Gambais et à les exécuter dans le plus grand mystère.

Bien qu'il fût très pressé d'argent, le misérable n'en allait pas moins faire son nouveau choix, non pas à la légère, mais au contraire, avec le plus grand soin. Après avoir consulté son registre, qui était tenu avec beaucoup d'ordre et de précision, son attention s'arrêta sur trois noms que voici, avec leurs fiches de renseignements :

1° Célestine Havre, veuve Buisson. Veuve depuis 1912, un fils naturel demeurant à Bayonne. Fortune ! dix mille francs placés, mobilier assuré pour dix mille francs.

2° Louise-Léopoldine Barthélémy, femme Jaume, trente-huit ans. Séparée de son mari ; 23, rue des Lianes, Situation modeste, mais quelques valeur et assez bon mobilier.

3° Anne-Marie Pascal, trente-six ans. couturière, veuve depuis cinq ans. Sans enfants. 2, villa Stendhal, Paris. Air jeune. Tailleur et sombrero.

Depuis un certain temps déjà, Landru correspondait et était même en relations directes avec ces trois femmes.

Il connaissait la première, Mme Buisson, depuis 1915, époque à laquelle elle avait répondu à la fameuse annonce insérée par lui dans le journal. Il s'était, bien entendu, hâté de se mettre en rapport avec sa correspondante. Très vite conquise par le misérable qui s'était présenté à elle comme un certain M. Frémyet, industriel à Tourcoing, la pauvre femme lui affirmait qu'il aurait en elle une bonne épouse qui saurait lui faire oublier tous les malheurs subis par lui dans le Nord, par suite de l'invasion allemande.

— Je regrette, lui disait-elle, que ma situation soit si petite à côté de la vôtre !

Elle lui écrivait même pour lui préciser l'état de sa fortune.

— J'ai placé treize mille francs, mais pour ne pas vous tromper avec les pertes, je mets dix mille francs. Elle n'avait qu'un but : lui inspirer confiance !

Bref, elle était tellement éprise, qu'elle allait jusqu'à lui affirmer :

— J'aime bien mon fils, mais toi tu le dépasses !

Pourtant, Landru ne se pressait pas. Il la savait entourée de famille et d'amis, il connaissait les sœurs, Mme P... et Mlle L..., et il n'était pas sans redouter les conséquences d'un acte criminel qui, cette fois, risquait fort de ne point passer inaperçu,

Voilà pourquoi, sous prétexte d'un voyage d'affaires, en Tunisie, il s'éclipsa pondant quelque temps.

D'ailleurs, il a de la besogne. Tour a tour Mmes Laborde-Line, Guillin, Collomb et Héon, l'accaparent.

Malgré cela, il n'abandonne pas entièrement Mme Buisson, il est de ceux qui estiment qu'il faut toujours garder une poire pour la soif. Il lui écrit de nouveau. Elle s'empresse de lui répondre ; car il a laissé en elle, un souvenir inoubliable. Ils se revoient. On reparle mariage… mais voici que le fils s'en vient à Paris, ou il a le plus grand désir de rester.

— Allons bon ! se dit Landru, il ne manquait plus que cela !

Il l'accueille cependant fort aimablement. Il se conduit envers lui tout à fait en futur beau-père. Mais, bientôt, utilisant le don de persuasion qui est en lui, il parvient à le convaincre qu'à Paris, il ne fera que végéter, et il le réexpédie à Bayonne.

Restaient les deux sœurs. Comment les éloigner ? La chance va le favoriser. Mme P... tombe gravement malade et meurt à l'hôpital de la Pitié. Landru, qui n'a cessé d'aller la voir et de lui témoigner le plus vif intérêt, arrive au moment où elle vient de rendre le dernier soupir. C'est lui qui prévient la famille et s'occupe avec une complaisance et un tact parfaits de toutes les formalités nécessaires.

Tant de dévouement et d'affection vont avoir leur récompense. Non seulement Mme Buisson lui témoigne un attachement de plus en plus vif qui se double d'une reconnaissance touchante, mais l'autre sœur. Mme L… qui, jusqu'alors, ne lui avait guère été favorable, s'amadoue sensiblement à son égard.

Pour achever de capter ses bonnes grâces, Landru va réaliser un coup de maître. Non seulement il emmène à Gambais Mme Buisson, très affligée par la mort de sa sœur, mais il y installe encore les enfants de la défunte auxquels il témoigne beaucoup d'intérêt… allant jusqu'à se faire appeler par eux « Tonton Frémyet ». Il invite alors Mme L… à passer quelques jours à la campagne, en famille. Comment cette jeune personne, pourtant si perspicace, elle devait le prouver plus tard, n'aurait-elle pas senti, à ce moment, en face d'un pareil procédé, tomber toutes les préventions que lui avait inspirées jusqu'alors le fiancé de sa sœur ? jamais une araignée n'avait plus habilement tissé sa toile !

Landru, Mme Buisson et Mme L…, rentraient bientôt à Paris avec les petits, ravis de leur séjour à la campagne. Entre temps, Landru faisait quitter à sa « fiancée » son domicile de la rue des Banquiers, et s'installer, 114, boulevard Ney. Il procédait lui-même à son emménagement, aidé de «son apprenti» qui n'était autre que son plus jeune fils, Charles.

Ensuite. il faisait retirer à la malheureuse ses titres du Crédit Lyonnais, et lui conseillait de le charger d'administrer sa fortune, ce qu'elle acceptait aussitôt. Il était temps, car sa caisse était à sec.

Quelques jours après, Mme Buisson repartait avec lui pour Gambais, d'où elle ne revenait jamais.

Nous allons maintenant assister à un des épisodes les plus formidables de l'existence de notre Barbe-Bleue moderne, Landru amoureux ! Parfaitement, Landru sincèrement épris d'une jeune artiste lyrique, Mlle Segret, qui devra certainement au sentiment, nous ne dirons pas très pur, mais très désintéressé qu'elle avait inspiré à l'ogre de Gambais, de ne pas figurer sur la liste de ses victimes.

Fernande Segret n'était pas une de ces brillantes étoiles de music-hall qui remplissent les salles de spectateurs enthousiastes et traînent à leur suite toute une escorte d'adorateurs affolés de snobisme. Elle chantait simplement, mais gentiment, parait-il, dans de modestes établissements de quartier ou de la périphérie. Elle était jolie, amusante, et passait pour une bonne petite fille. Comme toutes, elle était venue à Landru sur la foi d'une annonce. Elle aussi, la pauvre gosse, voulait se faire un foyer. Qui l'en blâmerait et qui lui reprocherait de n'avoir pas su résister à la puissance réelle de fascination que cet homme vraiment étrange exerçait sur des femmes sans réelle défense ? Tout ce qu'on peut faire, c'est de la féliciter chaleureusement… d'être encore vivante.

Bref, on ne risque pas de se tromper en affirmant que, dès que Landru la connut, il l'aima… et l'aima même sincèrement. Où la petite fleur bleue va-t-elle se nicher ! Notre confrère Henri Béraud, avec son talent si truculent, et ce don d'évocation qui en fait un des plus remarquables écrivains de notre temps, nous a reconstitué cette paradoxale idylle. Nous n'hésitons pas à reproduire le morceau en son entier, il est de qualité.

« Au retour de Gambais, après les affreuses besognes qu'on lui reproche, l'homme au carnet regagnait la rue Rochechouart. Il arrivait au jour tombant, et gravissait de son pas mou de vieil homme, le noir escalier. La jeune fille l'attendait, et c'était le faux ménage, le ron-ron du poêle et l'air de Manon : Adieu notre petite table ! que le marchand de meuble chantait d'une voix peut-être fausse, comme celle de Boubouroche, mais qui n'était point l'indice d'une conscience calme. Mlle Segret l'a-t-elle, comme on dit, manqué belle ?

Ou bien Landru l'aimait-il ? Fût-elle la maîtresse dominatrice, dont, au dire des criminalistes et particulièrement Beccaria, le plus atroce scélérat éprouve le besoin ?

« Il paraît que Landru, le parcimonieux Landru, lui« remettait la clef de sa caisse. On peut dire qu'il l'aimait à la folie !

« Et Fernande aima-t-elle Landru ! La question ne doit pas être posée. Ce qui est certain, c'est qu'elle ne l'a point revu sans émotion. »

Mais n'anticipons pas sur les événements. Suivons-en au contraire l'ordre et la marche chronologique, C'est le seul moyen d'y voir clair et de ne pas nous égarer dans des détails d'une affaire déjà si trouble et si embrouillée. Reprenons donc Landru où nous l'avons laissé, c'est-à-dire lorsqu'il vient d'exécuter la pauvre Mme Buisson…

Eh bien ! savez-vous ce qu'il va taire, et ceci est le comble non pas de la forfanterie et du cynisme dans le crime, mais du cynisme dans l'horreur ? il se rend chez, Fernande Segret… et l'emmène dîner. Où ?... Dans un restaurant ? Pas du tout ! Boulevard Ney au domicile de la femme qu'il a dans la journée, traitreusement assassinée ; mystérieusement fait disparaître. Et comme sa maîtresse s'étonne de le voir lui faire les honneurs d'un domicile qu'elle ne lui connaissait pas, il lui dit d'un ton le plus naturel du monde :

— Cet appartement est celui d'un de mes amis qui est mort à l'étranger et m'a légué tous ses meubles. Ne t'en fais pas et allons essayer le plumard !

Le plumard ! il ne va pas rester longtemps dans l'appartement. A peine huit jours. En effet, Landru, qui a besoin de « faire de l'argent », se met à vendre le mobilier et les objets divers qui garnissaient l'appartement du boulevard Ney. Il va mettre alors le comble à son audace et à sa roublardise. S'étant aperçu que, parmi les valeurs qu'il s'était appropriées il y avait un titre nominatif de cent trois francs de rentes françaises, il s'en va trouver sa femme légitime, pauvre personne falote, inconsciente et résignée. Usant ou plutôt abusant de l'autorité qu'il a gardée sur elle, il la force à se présenter, en sa compagnie, à la banque A..., et à déclarer qu'elle est Mme Buisson. Rien de plus facile, puisque Landru a conservé les papiers de sa victime. On la conduit chez l'agent de change A..., où un employé de la banque qui l'a accompagnée, certifie son identité. La pauvre dame Landru, dûment stylée par son seigneur et maître, et sans se douter un seul instant de ce qu'elle fait, signe automatiquement, mécaniquement, l'ordre de transfert, et elle revient ensuite chez le banquier A..., où l'on procède à la vente des cent trois francs de rente. C'est le banquier lui-même qui les achète ; à forfait, pour la somme de deux mille trois cent cinq francs. L'acquit de cette somme est signé par la femme de Landru, toujours sous le nom de veuve Buisson. Le mari signe également ! la décharge, au nom de Frémyet, en le faisant précéder des mots « bon pour aval », et la pièce est jouée.

Enfin, après avoir donné congé du logement du boulevard Ney, Landru vend une partie des meubles de Mme Buisson à la sous-locataire du logement, et transporte le reste dans un garage qu'il a loué, rue Morrice.

Maintenant que le voilà à la tête de disponibilités assez co-quettes, Landru, penserez-vous, va pouvoir filer le parfait amour avec sa Fernande… et demeurer tranquille pendant quelque temps. N'en croyez rien ! Landru a toujours beaucoup d ouvrage sur les bras… beaucoup de fiancées en instance et beaucoup de projets en tête.

D'abord, comme pour ses autres victimes, il va falloir qu'il s'évertue à endormir les soupçons des gens qui pourraient s'inquié-ter de la disparition de Mme Buisson, et seraient tentés de la re-chercher.

Sous prétexte qu'il va bientôt partir en voyage avec sa fiancée, il commence par payer et retirer chez une couturière, une robe que la malheureuse veuve avait commandée en prévision de son ma-riage. Ensuite, il se rend seul chez Mlle L… la sœur. Bien qu'il ait réussi à s'assurer momentanément sa sympathie, elle n'en demeure pas moins pour lui un assez important sujet d'inquiétude. Mlle L… en effet, est très intelligente. Elle n'est point de celles que l'on peut duper avec de belles phrases, il lui faut des faits. Landru lui en fournit…

En l'apercevant seul, sa soi-disant, future belle-sœur, tout, en l'accueillant fort aimablement, s'écria :

— Célestine n'est pas souffrante ?...

— Pas du tout, réplique imperturbablement le misérable. Elle se porte très bien, au contraire. Seulement... elle est très prise en ce moment... par les formalités de son passeport.

— Quel passeport ?

— Comment ? fait semblant de s'étonner l'atroce menteur. Elle ne vous a pas dit que nous partions ?...

— Pas du tout.

— C'est extraordinaire comme elle devient cachottière.

— Jusqu'alors, je ne m'en étais pas encore aperçue.

— Ainsi, elle a défendu à son concierge de laisser monter personne à son appartement quand je ne suis pas là je vais la gronder, en rentrant, de manquer ainsi de franchise envers vous.

Mlle L... qui aime beaucoup sa sœur, répondait :

— N'en faites rien, Célestine aura craint de me faire de la peine en m'apprenant elle-même son départ. Elle est tellement sensible.

— Le fait est qu'elle a un cœur d'or.

— Alors, elle aura préféré que ce fût vous qui me l'appreniez.

— Ce doit être cela, approuvait Landru, avec toutes les apparences de la plus sincère candeur

— Et vous partez loin ?

— Assez loin ! en Amérique, où j'ai une mission du gouvernement pour y étudier la fabrication d'un nouvel obus inventé par un ingénieur de Boston.

— Serez-vous longtemps absents ?

— Trois mois environ. Nous n'aurons pas le temps avant notre départ, de régulariser notre situation, mais dès notre retour, nous

nous marierons…

— Je pense reprenait Mlle L… que-ma sœur viendra, m'embrasser avant son départ.

— Mais nous viendrons tous les deux, chère mademoiselle. En attendant, pouvez-vous me rendre un petit service ? Célestine m'a demandé d'envoyer à son fils qui est malade à Bayonne, une somme de cinq cents francs, pour lui permettre de solder les frais d'une opération qu'il doit subir. Je n'ai pas voulu refuser, bien que cela me paraisse un peu délicat, j'ai peur que Gaston, ne se figure que c'est moi qui lui envoie cette somme, et que cela le gène. Ne pourriez-vous pas vous en charger ?

— Volontiers !

— Voici les cinq cents francs.

— Désirez-vous que-je vous en donne reçu ?

— Par exemple, entre nous !

Et tirant de sa-poche un petit objet enveloppé dans du papier de soie, il ajoutait :

— Voici ce porte-monnaie pour remplacer celui qu'à perdu votre petite nièce Paulette lorsqu'elle était chez moi, à Gambais.

Comment Mlle L…, si fine, si perspicace fût-elle, n'aurait-elle pas été circonvenue par tous ces procédés si bien faits pour endormir sa vigilance ?

Landru avait atteint son but, gagner le temps qu'il lui fallait pour liquider entièrement la succession de sa septième fiancé. Et lorsque Mlle L… justement, alarmée du trop long silence de sa sœur, commencera ses recherches Landru aura déjà fait disparaître depuis longtemps, non seulement sa victime, mais toutes les traces de son odieux forfait.

Sans perdre un jour, Landru, de nouveau, consultait son répertoire. Son choix s'arrêta sur cette Mme Louise Jaume, dont nous avons reproduit plus haut la « fiche » et avec laquelle il était en relations depuis plusieurs mois. Mais cette fois, malgré tout son don d'enchantement, il se heurtait à une résistance sérieuse. Mme Louise Jaume en effet, n'était ni coquette, ni sentimentale, ni romanesque, ni même d'humeur joyeuse. Elle était modeste, et très pieuse. Elle travaillait chez une couturière où elle gagnait honorablement sa vie.

Landru s'était présenté à elle comme M, Lucien Guillet, ingénieur réfugié des Ardennes ; il fallait tout de même bien changer de temps en temps de nom et de profession ! Certes, Mme Jaume avait subit ainsi que toutes, l'ascendant du gredin et elle n'eût pas mieux demandé que de l'épouser. Mais elle était mariée, et si, depuis longtemps elle vivait séparée de son mari, établi loin d'elle, en Italie, ses scrupules religieux lui interdisaient d'envisager la possibilité d'une seconde union après divorce.

Mais Landru s'écriait :

— Moi aussi, je suis un croyant ! Mais que voulez-vous , il y a des moments dans la vie où, malgré soi on est obligé de mettre un peu de côté ses principes, surtout lorsqu'on s'aime comme nous nous aimons !

Comme Mme Jaume ne se laissait pas convaincre aussi facilement qu'il l'espérait, quelques jours après, il venait l'attendre à la sortie de son atelier, et le visage exultant de joie, il lui disait :

— Je vous annonce une bonne nouvelle, un de mes amis qui est en relations avec l'archevêque de Paris va intervenir en notre faveur auprès de l'autorité ecclésiastique, afin d'obtenir l'annulation de votre union en cour de Rome…

Constatant que ce mensonge produisait sur son interlocutrice un effet de satisfaction non équivoque, il poursuivait :

— Cela va aller très vite, parait-il. Aussi, je crois qu'il serait utile d'entamer tout de suite la procédure en divorce. Les deux procès marcherait ainsi de front et ce serait du temps gagné…

Cette fois, la malheureuse se laissait endoctriner, et s'abouchait avec un agent d'affaires qui lui promettait de mener les choses rondement. Pendant ce temps bien qu'il fût très, occupé avec cette pauvre Mme Buisson, non seulement Landru ne négligeait pas Mme Jaume, mais entretenait encore une correspondance et même des relations assez suivies avec plusieurs autres femmes, notamment avec une certaine Mme Pascal, dont nous allons avoir bientôt à nous occuper.

Mais, comme toujours, avant de brusquer les choses et de passer de l'amorçage à la réalité, il attendait que la fiancée en cours fut exécutée, pour régler le, sort de la suivante, si actif, si débrouillard, si malin soit-on, on ne peut pas tout faire à la fois !

Le sire de Gambais attendit donc, tout en manœuvrant avec l'habileté que l'on sait, que Mme Buisson fût liquidée, pour réaliser Mme Jaume. Comme toujours, Il avait si bien préparé son terrain, que ce fut pour lui un jeu d'enfant que de lui faire quitter son logement de la rue des Lianes, et de lui enlever ses meubles. Maintenant, il s'agissait de l'emmener à Gambais. Tout d'abord, elle refusa de le suivre, car elle ne voulait pas être la maîtresse de Landru qui n'y tenait d'ailleurs pas du tout non plus. Et elle se scandalisa à la pensée que même si elle ne se laissait aller à aucun acte coupable, elle pourrait passer aux yeux de ses amis, comme une femme de mauvaises mœurs.

Landru lui jura qu'il la respecterait. Mais comme elle semblait redouter encore que, malgré cet engagement solennel, il ne se montrât trop entreprenant et que peut-être, elle se laissât aller à un entraînement toujours possible de la chair, le gredin usa d'un stratagème extraordinaire :

Spéculant sur les, sentiments de piété fervente de Mme Jaume, il l'accompagna à l'Eglise du Sacré-Cœur de Montmartre, s'agenouilla à ses côtés pour appeler la bénédiction du ciel sur leur prochaine union… et de nouveau, il fit le serment, tant qu'ils ne seraient pas mariés devant Dieu et devant les hommes, de n'être pour elle qu'un frère affectueux et dévoué.

Comment, la croyante sincère qu'était Mme Jaume n'eut-elle pas été dupe d'un pareil jeu ?

En quittant la basilique, ils s'en furent à la gare. Suivant les principes habituels d'économies, Landru eut bien soin de ne prendre qu'un seul billet d'aller et retour. Sa compagne n'avait besoin que d'un billet simple puisqu'il avait déjà décidé qu'elle ne reviendrait pas de Gambais

Le crime eut lieu dans la journée, et le même soir : Landru rentrait à Paris. Suivant le rythme habituel ; il allait s'occuper de réaliser les biens de sa victime, et de dérouter les soupçons des amis.

En plus des deux cent soixante-quatorze francs soixante et d'un billet Italien, il emportait un titre de cinq cents francs de rente, deux obligations foncières et une obligation communale que ; sous le nom de Frémyet, il vendit à la banque A…, dont il était resté le fidèle client. Le tout produisit une somme de mille trois cent quatre-vingt trois francs. Landru avait déjà tué pour moins.

En rentrant à son domicile du 76 de la rue Rochechouart où il retrouvait Fernande Segret, Landru n'allait pas tarder à éprouver une émotion plutôt désagréable. En effet, dès le lendemain, la concierge lui apportait une lettre à l'adresse de M. Léon Guillet, nom sous lequel il était connu dans l'immeuble. Tout de suite il l'ouvrit et lisait ce qui suit :

« Monsieur Guillet ;

Nous venons vous prévenir que nous avons reçu deux lettres pour Mme Jaume. Comme nous pensons qu'elles sont pressées et qu'elles se rapportent peut- être à son divorce, nous vous demandons de prier votre amie de bien vouloir passer â la maison où nous lui remettrons ces lettres en question, ce qui nous procurera le plaisir de la voir.

Excusez-nous si nous nous sommes permis de vous écrire directement. Notre amie nous avait confié votre adresse sous le sceau du secret. Nous nous garderons bien de ne la communiquer à personne.

Veuillez transmettre nos bons souvenirs à notre chère Louise, et agréer nos salutations empressées.

Dlles Lh…

Landru se dit :

— J'aurais mieux fait de ne pas donner mon adresse à, cette « chère Louise ». Mais elle me bassinait tellement pour savoir où je demeurais, et puis, elle m'avait juré qu'elle ne la révélerait à personne.

« Pour une personne bien pensante, elle n'avait guère de parole. Je sais bien qu'avec les femmes on devrait s'attendre à tout.

« Somme toute, ce n'est pas bien grave. Elles peuvent courir après leur chère Louise !… Je les mets au défi de la retrouver… pas plus que personne. Le mieux est de ne pas bouger, de faire le mort !…

Mais les demoiselles Lh… ne recevant pas de réponse, et ne voulant par garder plus longtemps chez elles des lettres qui ne leur appartenaient pas, elles décidaient d'intervenir directement. L'une d'elles se rendit rue Rochechouart, elle sonna. Ce fut Landru qui vint lui ouvrir.

Tout de suite, il la reconnut… et avec un sang-froid inouï et une courtoisie parfaite, il lui dit :

— Pardonnez-moi, mademoiselle, si je ne vous ai pas répondu plus tôt. Mais je viens seulement de trouver votre lettre…

Mlle Lh… lui remit celle adressée à Mme Jaume.

Avec la même amabilité, Landru lui dit que dès le jour même, il les ferait parvenir à Mme Jaume qui se reposait en ce moment à la campagne… et il lui affirma que certainement sa fiancée, dès son retour, ne manquerait pas d'aller la voir…

Il s'excusa de ne pas la faire entrer. Car il était justement en conférence avec son ami, qui avait des relations avec l'Archevêché de Paris… et Mlle Lh… s'en fut sans méfiance.

Cependant, quelque temps après, ayant reçu une seconde lettre lui demandant avec une certaine insistance des nouvelles de leur chère Louise, Landru se décida à jouer le grand jeu.

Il se rendit chez les demoiselles Lh..., muni, d'un sac de chocolat et il leur disait :

— Votre amie vient de partir pour l'Amérique, où je lui ai procuré une situation avantageuse dans un pensionnat de jeunes filles. Elle s'est décidée tout à coup, sans avoir le temps matériel de dire adieu à personne, mais elle m'a chargé de vous apporter son souvenir ainsi que ces bonbons. Je vous donnerai des nouvelles de Louise, dès qu'elle m'aura fait part de son débarquement...

— Alors, ce mariage ?...

— Il tient plus que jamais. Dès que Rome et les tribunaux français se seront prononcés, nous nous épouserons... Mais, comme cela, forcément, demandera un certain temps, votre amie n'a pas voulu rester inoccupée. D'ailleurs, dès que j'aurai liquidé certaines affaires qui me retiennent encore à Paris, j'irai la rejoindre là-bas, Au revoir, mesdemoiselles, et à bientôt.

Inutile d'ajouter que jamais les demoiselles Lh... ne devaient revoir ni leur « chère Louise », ni Landru.

Chapitre IX : La femme au sombrero. Travaux d'amorçage. Un cadeau de jour de l'an. Un homme précautionneux. Une fiancée qui l'échappe belle. Un coup de foudre. La femme aux chiens. Une scène tragique.

Etait-ce par désir de contraste que Landru allait cette fois, s'attaquer à Mme Anne-Marie Pascal, l'un des trois noms de son répertoire qui avait retenu son attention, à la suite de la disparition de la pauvre petite Andrée Babeley ?

En effet, depuis plus d'un an qu'il la courtisait, le Sire de Gambais avait pu constater combien à l'encontre de la « chère Louise », celle qu'il avait désigné sur ses fiches sous le vocable : « air jeune, tailleur et sombrero » était gaie, enjouée, exubérante, de commerce agréable et même facile…

Venue à Paris en octobre 1913, pour gagner sa vie dans la couture où elle était fort habile, elle entendait mener une existence de plaisirs, et ne s'en était point privée.

Divorcée, mais en possession d'un ami qui n'allait pas tarder à être mobilisé, elle dirigeait, 2, avenue Stendhal, un atelier de couture dont les bénéfices sans être excessifs lui permettaient cependant de vivre à son aise… Seule dans la vie, ou à peu près, elle se sentit un jour piquée par la tarentule du mariage, et comme dans sa relation, elle ne parvenait pas à découvrir l'époux rêvé, elle se mit à parcourir les annonces insérées dans les journaux. Une entre cent attira et retint son attention. Elle était ainsi rédigée :

« Mr. 47 ans. situation 4,000 frs. désire mariage avec pers. goûts simples, âge et situation en rapport. Forest, Bureau 61, Paris. »

La réponse ne se fit pas attendre… Bientôt Landru se présentait à elle sous les traits d'un nommé Louis Forest, employé de ministère. Le gredin avait d'ailleurs cru devoir ajouter à ce nom si délibérément emprunté à notre excellent confrère du Matin, celui plus ronflant de Barzieux. Louis Forest de Barzieux. Cela ne pouvait que « faire riche » aux yeux de la femme au sombrero… qu'il allait d'ailleurs conquérir avec rapidité, puisque quelques semaines après, en effet, à la suite d'un envoi de fleurs et d'une visite où il s'était montré particulièrement pressant, Anne-Marie Pascal devenait sa maîtresse…

Mais leur relations allaient être assez espacées. D'abord, la femme au sombrero devait quitter Paris pendant quelques jours pour se rendre à Toulon, chez une de ses sœurs. Et puis, surtout, Landru était fort occupé. Pour bien se rendre compte du « travail » fourni alors par l'ogre de Gambais, il faudrait en établir un véritable tableau synoptique… Jugez-en ! A cette époque, il menait de front la petite Babeley, la veuve Buisson, Louise Jaume et… sa maitresse de cœur, Fernande Segret. Quel tempérament !

Mais il ne faudrait pas croire qu'il négligeât la belle couturière, Loin de là !… Il n'était pas homme à abandonner la proie que longtemps d'avance il avait choisie. Si le Barbe-Bleue moderne, ainsi que nous le verrons plus loin, était un as de l'exécution, il n'était pas moins remarquable dans l'art des préparations, et c'est cette faculté de pouvoir mener plusieurs intrigues à la fois , et quelles entreprises, et d'amener leur conclusion, au jour, à la date, nous pouvons même dire, à l'heure fixée par lui, qui en fit le criminel peut être le mieux organisé, qu'eussent jamais enregistré les annales du crime…

Landru continue donc de temps à autre à rendre visite à Mme Pascal. Il est d'abord un peu gêné par la présence d'une jeune nièce. Mlle Fauchet, que la femme au sombrero a ramenée de Toulon.

Mais employant la même tactique dont il a usé avec succès avec Mme L… la sœur de la pauvre Mme Buisson, il se montre envers elle d'une telle courtoisie et d'une telle amabilité que la jeune Toulonnaise ne tarde pas à lui vouer une amitié aussi sincère que confiante et en arrive même à reprocher au fiancé de sa tante de se faire si rare. Bientôt, il allait la voir plus souvent. Mme Pascal étant tombée malade, Landru trouvait le moyen de prendre sur ses multiples occupations le temps nécessaire pour accourir fréquemment à son chevet, et même lui prodiguer des soins si touchants que les amies, les ouvrières et les apprenties de la belle couturière en étaient littéralement édifiées.

Mais, repris de nouveau par les « obligations de sa charge », Landru, une fois Mme Pascal rétablie, espaça ses visites, sans toutefois abandonner entièrement l'atelier de la rue Stendhal où il apparaissait de temps à autre, apportant des friandises, des brioches, des biscuits, des oranges, et créant autour de lui une atmosphère de bonne humeur qui achevait de le rendre sympathique à tous.

Ce n'est que vers la fin de l'année 1917 que les relations entre le sire de Gambais et « la femme au sombrero » vont se resserrer et devenir presque journalières, c'est-à-dire, aussitôt après l'assassinat de Mme Jaume.

Maintenant qu'il y a une place à prendre dans le mystérieux et introuvable cimetière de Gambais, l'infatigable Landru va s'occuper de creuser une nouvelle fosse, Mais il ne se pressera pas. Pour l'instant, il est à flot, « il ne roule plus sur la jante ». N'a-t-il pas assez bien travaillé, pour prendre un peu de bon temps, quelques vacances, ne fut-ce que de quelques semaines, en compagnie de sa chère Fernande, que, rue Rochechouart, on appelle « Mme Guillet, » sans la moindre ironie ?...

Il en est de plus en plus épris... Il ne demanderait qu'à renoncer a sa carrière d'assassin pour se consacrer entièrement à elle, tout en continuant, néanmoins, à accomplir ses devoirs matériels de père de famille, soucieux d'assurer un bien-être, si modéré soit-il, à sa femme et à ses enfants.

Mais, Landru n'est pas homme à se laisser endormir dans les délices d'une idylle, pas plus qu'il n'est loup à attendre la faim pour sortir du bois. Après un examen en règle de sa comptabilité, constatant que sa trésorerie est quelque peu en baisse, il décide de précipiter son intrigue avec Mme Anne-Marie Pascal.

Le 1er janvier 1918, il s'en vient lui souhaiter la bonne année. Il est reçu à bras ouverts. Il apporte, d'ailleurs, un cadeau qui va être tout particulièrement agréable à la belle couturière. C'est une broche en or avec une perle fine au milieu, qu'il a l'intention de récupérer dès que le moment en sera venu. Tout ému, il déclare à la belle couturière :

— Ce bijou vient de ma mère !

Mme Pascal l'embrasse, les larmes aux yeux, et avec élan s'écrie :

— Je veux, toujours le garder sur moi, car je suis sûre qu'il me portera bonheur !

La femme au sombrero n'eût certainement point parlé de la sorte, si elle s'était doutée que ce soi-disant bijou familial provenait de la succession d'une de ses devancières dans la mort. Mais comment, ainsi que toutes les autres, aurait-elle pu soupçonner le bandit qu'était Landru sous ce fonctionnaire si distingué, et dont, ainsi que le disait sa nièce, Mlle Fauchet, la tenue, les gestes, autant que la parole, dénotaient une éducation parfaite. Et puis, ne l'avait-il pas, lorsqu'elle était sur son lit de souffrance, soignée avec un dévouement tel, que le jour même où elle entrait en convalescence, elle faisait savoir à son ami toujours au front qu'elle reprenait sa liberté pour faire un mariage qu'elle qualifiait d'inespéré. Tout son entourage, enfin, ne tarissait-il pas d'éloges sur M. Louis Forest de Barzieux ? Aussi, lorsque Landru s'en vint lui annoncer que toutes les difficultés qui jusqu'alors avaient retardé leur union étaient aplanies, la joie de la malheureuse fut intense. Son rêve le plus cher allait enfin se réaliser. Et cédant aussitôt aux instigations du misérable, quelques semaines après, elle laissait son fiancé déménager ses meubles, toujours avec le secours de ce fils aussi aveugle que complaisant, réglait quelques petites dettes et quittait définitivement la villa Stendhal, en emmenant sa compagne fidèle, une chatte à laquelle elle était très attachée.

Comme une de ses amies lui demandait où elle allait, elle répondit, toute débordante de joie :

— Je n'en sais rien ! Louis n'a pas voulu me le dire : c'est une surprise qu'il me ménage, mais avec lui, je suis tranquille, ce doit être très bien. Et puis, j'ai tellement confiance en lui que je le suivrai, les yeux fermés. Jusqu'au bout du monde.

Elle retrouva Landru à la gare, devant les guichets des billets.

Landru s'était chargé de prendre les tickets, un d'aller et retour, l'autre simple, bien entendu.

Le beau rêve de la pauvre couturière allait se transformer en la plus atroce des réalités !

Mais Landru, mûri par l'expérience, ne devait pas attendre, cette fois, que sa victime fût morte pour mettre à couvert sa responsabilité. Le jour même de son arrivée, après avoir fait faire le tour du propriétaire à Mme Pascal, qui était tout naturellement disposée à trouver le pays admirable, le jardin délicieux et la maison des plus confortables, il revenait avec elle dans la pièce qui servait de salon et négligemment il se mettait à lui parler de sa famille, de ses amis, de ses ouvrières, puis, tout à coup, il s'écria :

— Il faudra que nous demandions à ta nièce de venir, passer quelque temps avec nous.

— Comme tu es gentil, s'écrie Anne-Marie. Je n'aurais pas osé te le demander, mais je n'ai pas besoin de te dire combien cela me fera plaisir de la voir ici.

— Et à moi aussi, fait Landru, car elle est tout à fait charmante.

— Je sais que vous êtes une vraie paire d'amis.

— Tu n'es pas jalouse ?

— Ce serait stupide de ma part ! Après la preuve d'amour que tu me donnes en m'épousant !

Et tombant encore plus vite qu'il ne le pensait dans le piège que son sinistre amant était on train de lui tendre, la belle couturière avisant sur une table du papier à lettres, des enveloppes, une plume déposés intentionnellement s'écriait joyeusement :

— Tiens, je m'en vais lui écrire tout de suite.

Et elle rédigea à sa nièce une longue missive, dans laquelle elle lui parlait avec enthousiasme de son arrivée dans la très jolie propriété de son fiancé.

Quand cette lettre fut terminée, mise en goût de correspondance, elle en rédigea une autre à l'adresse d'une de ses amies, où elle lui affirmait qu'elle était infiniment heureuse, lui parlait de ses projets d'avertir et lui racontait que sa petite chatte avait été très sage pendant tout le voyage.

Enfin, ce fut une troisième lettre à une de ses ouvrières, où elle répétait ce qu'elle avait écrit à son amie. Quand elle eut terminé, elle donna les trois lettres à lire à Landru, qui la complimenta à la fois sur ses excellents sentiments et le style tort agréable dans lequel elle s'exprimait, et il fit :

— Tu peux me laisser ces lettres, je me charge de les mettre à la poste.

— Etourdie que je suis, s'écriait la femme au sombrero, j'ai oublié de te demander notre adresse ?

Landru, qui avait toujours une réponse toute prête, répliquait sans sourciller :

— Maison Guillet, Boulay, par Bazainvilliers (Seine-et-Oise).

Mme Pascal reproduisit elle-même ce libellé sur chacune des lettres et les remit à Landru qui les serra soigneusement dans sa poche.

Cette fois, il était tout à fait tranquille, car l'adresse, était fausse et la trace de sa présente victime allait être perdue pour tout le monde.

L'exécution dut avoir lieu quelques instants après car. le soir même Landru rentrait à Paris et après avoir, passé la nuit avec sa maitresse Fernande, dès le lendemain il terminait le déménagement du mobilier de Mme Pascal. Après s'être assuré qu'il n'avait rien laissé à la villa Stendhal, il remettait correctement les clefs à la concierge. Les jours suivants, il vendait plusieurs meubles et objets qui avaient appartenu à la malheureuse, un parapluie, son manteau, un lit de fer, un tapis, un fourneau à gaz et jusqu'à son dentier.

Ajoutons qu'il s'était empressé de jeter à la boite la lettre adressée par Mme Pascal à son amie. Quant à celle destinée à Mlle Fouchet, après avoir substitué à la date primitive du vendredi 4 avril, celle du vendredi 19, il l'expédiait le 20 à sa destinataire ; mais il conservait devers lui la troisième, vraisemblablement pour déjouer, en cas de nécessité, les recherches qui pourraient être tentées.

Pendant plusieurs mois, la villa de Gambais cessera d'être le théâtre mystérieux de ces drames, ou plutôt de ces assassinats dont le secret a si longtemps échappé à l'œil exercé de la police.

Mais faudrait-il en conclure pour cela que Landru restera inactif ? Non ! D'abord, parce que ce n'est pas dans sont tempérament, ensuite, parce qu'il n'a pas les moyens de vivre de ses rentes.

On a pu dire justement de lui qu'il travaillait dans le crime à la petite semaine. Jamais, en effet. il n'a tenté, ce que l'on pourrait appeler une opération de grande envergure. Il redoutait fort justement de s'aventurer dans les milieux. où il aurait pu évidemment trouver des fiancées plus riches et capables de lui fournir d'un seul coup le gros magot, grâce auquel il aurait pu assurer son existence et celle des siens, Ces milieux, il ne les connaissait pas. Il se rendait très bien compte qu'il y ferait bien moins brillante figure que dans un monde auquel il se sentait supérieur et où il pouvait bluffer tout à son aise ; et avec ses habitudes de prudence et de calcul, il se disait que mieux vaut un petit profit sûr, qu'un gros gain incertain. Et puis. Il était de goût modeste, il savait merveilleusement ordonner ses dépenses, ménager ses ressource, et pas un seul instant, quoiqu'il eût pu être facilement grisé encore plus par impunité acquise que par les succès qu'il remporterait auprès de ces pauvres femmes, il n'eut la tentation de la grande aventure. Avec un bon sens parfait, il se disait :

— Puisque cela va bien ainsi, pourquoi changer ?

Mais il se produisit, à ce moment, un incident assez curieux, connu de fort peu de gens et qui, d'ailleurs, n'a pas figuré au procès. Nous verrons plus tard pourquoi.

Cet incident dut causer à Landru une certaine alarme et c'est à lui que l'on doit vraisemblablement attribuer le chômage de l'assassin.

Un mois environ après la disparition de Marie-Anne Pascal, Landru entraînait à Gambais une jeune femme assez jolie, parait-il... et dont on n'a jamais su le nom.

Non moins docile que les autres fiancées, elle était devenue, avant le mariage promis, la maîtresse de l'irrésistible séducteur. Et elle s'en montrait, parait-il, très satisfaite. Puis, elle n'avait pas hésité, sur ses instances, à quitter l'appartement très coquet et fort bien meublé qu'elle habitait du côté de la gare de l'est, pour se rendre à

Gambais, afin de faire connaissance avec la maison de campagne où elle devait passer sa lune de miel.

Si Landru était toujours très épris de Fernande Segret, il n'en était pas moins très volage. Ses infidélités, d'ailleurs, n'étaient-elles pas à la base de sa terrible industrie ? Cette fois, cela ne pouvait lui être que fort agréable ; la dame X… était des plus appétissantes et si, dans ses premiers rapports avec lui, elle n'avait pas eu à se plaindre de Landru, Landru n'avait eu qu'à se louer d'elle.

Après un excellent déjeuner, arrose d'un petit vin mousseux pétillant, Landru, non moins émoustillé que sa conquête, se livra à des effusions qui ne furent nullement repoussées et quelques instants après Mme X… se dirigeait vers la chambre à coucher, tandis que discrètement Landru s'en allait fumer une cigarette dans son jardin, un attendant qu'un coup frappé au carreau d'une fenêtre l'avertit qu'il pouvait se présenter… dans le Temple de l'amour.

Mme X…, qu'on nous passe ces détail un peu scabreux, mais lorsqu'on écrit l'histoire de Landru on est bien obligé d'aborder certains sujets sous peine de laisser dans l'ombre des vérités indispensables . Donc, Mme X…, après s'être déshabillée, allait se glisser dans le lit, lorsque d'un brusque mouvement, elle fit tomber un oreiller et dérangea alors quelque peu le traversin… qu'aperçut-elle alors ? Elle ne devait le révéler que longtemps après et nous ne pouvons faire moins que d'imiter sa discrétion. Ce fût quelque chose d'effrayant à coup sûr ; car elle devint subitement pale comme une morte et toute tremblante et claquant des dents, elle en demeura sidérée. Elle ne revint à elle qu'au moment où elle entendit du jardin la voix de Landru qui lui lança :

— Alors, c'est pour demain ?…

Folle d'épouvante, elle s'habilla à la hâte, sans même prendre le temps de mettre son corset et son chapeau, et elle se sauva rapidement avant que Landru, qui était resté dans la partie du jardin située derrière la maison, s'aperçut qu'elle avait pris la fuite par celle qui s'étendait vers la façade.

Mme X... courut d'un trait sur la route, n'osant pas regarder derrière elle, tant elle était hantée par la peur d'être poursuivie. Haletante, épuisée, à demi-défaillante, elle s'arrêta devant un petit café, où elle demanda un verre d'eau qu'elle but avidement et elle repartit ensuite, un peu rassurée. Après s'être cachée dans un petit bois où elle rétablit de son mieux son désordre vestimentaire, elle regagna la gare la plus rapprochée. Elle pouvait se vanter de l'avoir échappé belle.

Tout d'abord, Landru, en constatant la disparition de la jeune personne, s'en demanda la raison. Il ne tarda pas à la découvrir et blême à son tour, la sueur aux tempes, il s'écria :

— La garce avait bien besoin de regarder sous le traversin !

Deux solutions s'imposaient à lui : la relancer, la reconquérir ainsi qu'il l'avait fait pour Mme Cuchet, sa première victime, la ramener à Gambais et, cette fois, en finir avec elle..., ou bien attendre les événements, avec calme.

Landru ne fut pas long à prendre un parti. Ce fut au dernier qu'il s'arrêta ; car il se dit :

— Cette femme qui tenait à sa respectabilité et qui pour rien au monde n'eût voulu passer aux yeux de ses relations pour une dévergondée, se gardera bien de narrer son aventure, de crainte d'être compromise dans un scandale qui ne manquerait pas de rejaillir fâcheusement sur sa bonne renommée.

Une fois de plus, Landru avait fait preuve de clairvoyance et de bon sens. En effet, Mme X…, enchantée d'en être quitte à si bon compte, évita de faire part à qui que ce fût de ce qui s'était passé et de ce qu'elle avait découvert dans la villa de Gambais. Mais n'empêche que pour Landru l'alerte avait été chaude. Aussi, résolut-il de changer sa manière.

Tout en continuant à amorcer ses correspondantes. Il évita soigneusement de les emmener à Gambais. Il se contenta de se présenter toujours à elle comme un monsieur de bonne famille ayant une situation modeste mais stable et désireux de se créer un foyer. Alors, il se livra à certains tapages qui ne furent pas toujours couronnés de succès.

Commençait-il à perdre de son fluide ? Avait-il la main moins heureuse ? Les transactions devenaient-elles plus difficiles ? Toujours est-il que son industrie devenait chaque jour de moins en moins prospère.

Landru avait beau se consoler dans les bras de sa chère Fernande ; constatant chaque jour la diminution de ses recettes, il n'était point sans concevoir de graves inquiétudes pour l'avenir. Mais il hésitait encore à reprendre sa première formule. Cependant, sa situation devenait chaque jour de plus en plus difficile. Il avait des échéances urgentes son loyer de Gambais, son garage de la rue Maurice. Pour la première fois, Mme Landru était obligée de réclamer à son mari la mensualité qu'il lui versait ordinairement avec la plus grande ponctualité. Si le statu quo se prolongeait, c'était la catastrophe avec toutes ses conséquences, et Landru ne put s'y résoudre ; il lui fallait une nouvelle victime. Il allait la rencontrer.

Dans l'intervalle, Landru, qui ne cessait de bricoler à droite et à gauche, avait fait la connaissance d'un homme d'affaires qui, au hasard d'une conversation, lui avait raconté qu'il avait une cliente qui tenait un garni et, se trouvant assez gênée, désirait se débarrasser de ses chambres meublées, dont l'exploitation ne couvrait plus le montant de ses frais.

Cette communication, si banale en apparence, fit dresser l'oreille au sire de Gambais et il demanda à cet agent d'affaires, auquel il s'était présenté sous le nom de Lucien Guillet, industriel, 76 rue Rochechouart, de le mettre en rapport avec sa cliente. Ce qui fut fait le jour de Noël 1918. Tout de suite. Landru produisit sur Mme Marie-Thérèse Marchadier une impression extrêmement favorable.

Mme Marchadier était une enfant naturelle, que l'on appelait souvent la belle Mythèse. Née en 1880 à Bordeaux, où elle avait menée une existence plutôt mouvementée. L'âge venant, elle s'était quelque peu assagie, et elle était venue s'installer à Paris, 330, rue Saint-Jacques, dans un pavillon où elle avait organisé des chambres meublées. Elle vivait seule avec ses deux griffons, dont elle raffolait.

Au cours de cette première entrevue, Mme Marchadier offrit à Landru sept chambres meublées pour un prix de sept mille francs. Le faux Lucien Guillet, qui, à ce moment, roulait tout à fait sur la jante et était hors d'état de faire un achat de telle importance, demanda à réfléchir. Dès le lendemain, il revenait chez Mme Marchadier et cette fois, au lieu de l'entretenir de vente ou d'achat de meubles, il lui parlait d'amour et de mariage. Il ne pouvait aborder un meilleur sujet :

Mme Marchadier avait toujours eu, elle aussi, la manie du mariage. Sur ce terrain, il fut beaucoup plus facile aux deux interlocuteurs de se mettre d'accord ; entré comme acheteur dans le pavillon de la rue Saint-Jacques, Landru en ressortait fiancé une fois de plus.

— Le coup de foudre !… s'écriait l'ancienne fille galante, en annonçant son mariage à ses amis. Suivait naturellement l'éloge dithyrambique de celui qu'elle ne connaissait pas quarante-huit heures auparavant et que, dans sa soif d'association conjugale, la malheureuse avait immédiatement mis sur un piédestal. Et elle ajoutait :

— Il est tout à fait charmant, et puis il aime bien les chiens. Si vous l'aviez vu caresser les miens, et entendu leur dire de petits mots gentils ; et puis, ce qui est bon signe, mes toutous ont tout de suite été vers lui… et les bêtes, c'est souvent plus malin que les gens, ils devinent tout de suite ceux qui les aime.

Pour une fois, les toutous de Mme Marchadier avaient manqué de flair.

Désireux et obligé d'en finir très vite, Landru, après quelques jours d'une cour assidue, où il est infiniment probable qu'il n'eut point besoin de solliciter longtemps des faveurs qu'on était prêt à lui accorder, demandait à Marie-Thérèse de venir habiter Gambais avec lui.

Elle lui dit que c'était une grave décision, qu'elle allait y penser et qu'elle ne tarderait pas de lui donner une réponse.

Le lendemain, en effet, elle lui envoyait le pneu suivant, où on a relevé ces lignes :

« J'ai bien réfléchi à ce que vous m'avez proposé. Je ne demande pas mieux que de vivre à la campagne, depuis longtemps, c'était mon rêve, si ma situation me l'avait permis. »

Le fruit était mur, il n'y avait plus qu'à le cueillir.

Après avoir obtenu de ces créanciers un certain délai, Landru, afin d'achever de persuader Mme Marchadier de la sincérité de ses intentions, la conduisait à Gambais visiter la villa où disait-il, « nous allons désormais, vivre de si heureux jours et de si belles nuits. »

La belle Mythèse se déclara ravie de son voyage.

— Je n'ai qu'une hâte, dit-elle à Landru, c'est de revenir ici.

— Et moi, reprit le gredin, de vous y revoir pour toujours. Mais il faut avant tout liquider votre situation et vous débarrasser de vos meubles dans les, meilleures conditions possibles.

— Vous avez raison.

— Par exemple, je vous demande une chose très importante ! c'est de ne révéler à personne, jusqu'à nouvel ordre, l'adresse de notre propriété de Gambais. Et je vais, à ce sujet, vous confier un secret que je n'ai encore dit à âme qui vive.

Très flattée de la Confiance que lui témoignait son fiancé, Mme Marchadier lui affirma :

— Vous pouvez être tranquille avec moi ; je suis la discrétion même, et je me ferai plutôt couper la langue que de répéter ce que vous allez me dire.

— Eh bien, voici, bluffait Landru, en prenant un air important, je m'occupe de contre-espionnage, et je suis attaché bénévole au deuxième bureau. Mes chefs m'ont interdit, pour des raisons particulières, de donner mon adresse de Gambais ; je suis obligé de me conformer à leurs instructions et voilà pourquoi je vous demande le silence.

Avec non moins d'importance, Mme Marchadier répliquait :

— Encore une fois, je vous le répète, vous n'avez rien à craindre de moi.

Et pleine d'admiration pour ce M. Guillet qui ajoutait à ses nombreux avantages celui d'être un agent précieux de la police française, elle fit :

— Ce doit être intéressant ce que vous faites ? Vous devez en voir des choses !

Avec un sourire volontairement énigmatique, Landru reprenait, tout en lui tapotant familièrement la joue :

— Je vous raconterai tout cela quand la guerre sera finie !

De retour à Paris, Mme Marchadier faisait immédiatement ses préparatifs de départ. Elle vendait à une dame D... cinq chambres à coucher pour la somme de deux mille francs, et se réservait le surplus de ses meubles pour les installer dans la villa de Gambais.

Lorsqu'elle partit, le 13 janvier, en compagnie de Landru, après avoir réglé diverses dettes à sa blanchisseuse et a sa gérante, il lui restait environ dix-huit cents francs d'argent liquide. Elle n'emportait qu'une simple valise, mais elle emmenait avec elle deux chiens, et celui d'une de ses amies qu'elle avait promis de lui ramener quelque temps après...

Le même jour, on les vit tous deux prendre le train de huit heures du soir, qui arrivait à Houdan. Là, ils montaient dans une diligence qui les conduisit, avec les trois chiens, à là villa de Gambais.

Le lendemain matin, Landru en repartait seul.

La femme et les trois pauvres petites bêtes ne devaient jamais reparaître.

Le 14 janvier, le sire de Gambais réglait le loyer de la villa à son propriétaire, le 15 le terme du garage de la rue Maurice, et enfin deux termes en retard de l'appartement que sa femme occupait à Clichy, 5, rue de Paris. Cet homme qui n'avait pas le sou la veille, trouvait moyen, tout à coup, de faire face à ses échéances les plus urgentes. Le coup avait réussi. .

Mme Marchadier devait être la dernière victime du monstre, auquel les onze assassinats qu'il avait commis, de 1914 à 1919, avaient rapporté d'après ce qu'il résultât de sa comptabilité retrouvée par la suite, une somme de trente cinq mille six cent quarante-deux, francs et cinquante centimes qu'il avait touché intégralement, ce qui fait une moyenne de trois mille cinq cent soixante-quatre francs vingt centimes par fiancée.

Quelques jours après, une scène qui faillit tourner au tragique, se déroulait entre Landru et Fernande Segret, dans la villa, des crimes. Un samedi matin, tout en faisant quelques rangements dans un tiroir, la jeune artiste lyrique découvrit un carnet qui avait du glisser de la poche de son amant et se trouvait coincé entre le meuble et une chaise.

Ce carnet avait déjà plusieurs fois attiré l'attention de Fernande. Landru semblait y tenir beaucoup. Il le gardait toujours sur lui et il évitait avec le plus grand soin de le laisser à portée d'une main indiscrète. En vraie fille d'Eve, Fernande ne put résister à la tentation d'en prendre connaissance, d'autant plus que : Landru venait de lui annoncer qu'il s'en allait jusqu'au pays voisin chercher un paquet de tabac. Mais au tournent où elle allait l'ouvrir, apparaissant soudain, le terrible bonhomme qui se précipitait sur elle, le lui arrachait des mains, et avec une brutalité qui la stupéfia, il s'écriait :

— Malheureuse, ne touche pas à ce calepin ! Il contient des choses que tu ne dois pas connaître. Je te défends de l'ouvrir.

Puis, s'apaisant soudain, il fit :

— Ne m'en veux pas de ce mouvement de colère ; après tout, je puis bien te dire ce qu'il y a là-dedans. Je t'ai raconté, n'est-ce pas, que j'étais un agent du deuxième bureau ?

— Oui !

— Eh bien, ce sont toutes les notes que je prends sur les individus suspects que je suis chargé de filer…

La timide Segret se contenta de ces explications qui, somme toute, pouvaient passer pour vraisemblables, et il ne fut plus question de rien.

Cependant, malgré tous les efforts qu'il fit pour reprendre sa bonne humeur, Landru demeura soucieux, pendant le reste de la journée. Commençait-il à sentir que l'heure à laquelle il allait être appelé à s'expliquer sur toutes ces disparitions successives s'apprêtait à sonner pour lui ? Etait-il envahi par la tentation de faire disparaître à son tour sa maîtresse de cœur qui commençait, non pas à en savoir trop long, mais à se montrer d'une indiscrétion menaçante ? Etait-il partagé par le désir, d'assurer sa sécurité grâce à un nouveau crime et par l'horreur qu'il éprouvait de sacrifier à son tour la seule femme qui lui avait inspiré un véritable amour ?

Sans doute se dit-il, que s'il restait dans cette maison, dont l'atmosphère était encore tout imprégnée de meurtres, il ne résisterait pas au démon intérieur qui le poussait à tuer encore, à tuer toujours, et pour la première fois épouvanté par lui-même, il fit tout à coup, à Fernande Segret, qui commençait à préparer le repas du soir ;

— Laisse tout cela, ma petite chérie, nous allons rentrer à Paris.

— Maintenant ? s'étonnait la jeune femme.

— Je viens de me rappeler que j'avais un rendez vous important.

— Vrai ! faisait la jeune artiste lyrique, toute désenchantée… Ce n'était pas la peine de venir à Gambais pour ne pas y passer la journée du dimanche.

— Bah ! s'écriait Landru, il n'y a rien à faire ici, aujourd'hui. Je te répète qu'il faut que je rentre à Paris. Nous reviendrons ici dans le courant de la semaine prochaine.

Quelques instants après, ils quittaient la villa bras dessus, bras dessous, comme deux amoureux. Landru ne devait plus y revenir qu'entre deux gendarmes.

Chapitre X : La police alertée. Landru arrêté et démasqué. Un Fregoli du crime. Adieu notre « petite table ». Perquisitions, trouvailles macabres etc… La lettre révélatrice. Le secret de Landru.

Vers la fin de mai 1918, le maire de Gambais recevait deux lettres, l'une d'une demoiselle L…, qui, inquiète de ne pas avoir vu reparaître sa sœur, la veuve Buisson, lui demandait s'il ne connaissait pas, parmi ses administrés, un sieur Frémyet qui s'était donné comme habitant de la localité… L'autre, d'une dame G… lui signalant la disparition de sa sœur, Mme Collomb, partie pour Gambais avec un nommé Dupont.

Le maire ordonna aussitôt une enquête qui ne pouvait pas aboutir, puisque Landru n'avait jamais pris ni l'un ni l'autre de ces noms, lorsqu'il se trouvait à Gambais. En présence de ce résultat négatif, les familles L… et C… portaient plainte au Parquet de la Seine, qui désignait aussitôt l'inspecteur Adam, de la police judiciaire. Celui-ci se mit en campagne, mais sans succès. Cependant, il déclara que, selon lui c'était à Gambais qu'on retrouverait peut-être la trace de ce Frémyet et de ce Dupont, qui n'étaient probablement qu'un seul et même personnage.

Gambais se trouvant en Seine-et-Oise, le Parquet de la Seine ne pouvait que se dessaisir en faveur de celui de Mantes, formalité qui n'était pas faite pour gagner du temps. Enfin, la gendarmerie se mit en mouvement, et finit par découvrir la fameuse villa dont on n'avait pas revu le propriétaire depuis le 20 janvier dernier.

Interrogeant les gens du pays, les représentants de la maréchaussée, apprirent que ce locataire avait, en effet, reçu chez lui pas mal de femmes, et que, malgré cela, on ne pouvait-pas affirmer qu'il avait dans le pays une mauvaise réputation.

Cependant, sa disparition ne fut pas sans intriguer les représentants de la justice qui siègent dans la plus jolie sous-préfecture de Seine-et-Oise, car ils avisaient la Sûreté générale, qui tout de suite entra en action.

On commença par rechercher, au service de l'identité judiciaire, ou sont conservées les photos de l'anthropométrie s'il n'en existait pas de Frémyet ou de Dupont. On n'y trouva rien.

M. Dautel, un commissaire de la première brigade mobile, qui était chargé de la direction des opérations, et qui devait faire preuve dans toute cette affaire de beaucoup de clairvoyance, d'esprit de décision et de finesse, recevait, quelques jours après, un coup de téléphone qui le comblait d'aise.

En effet, le hasard, dieu des policiers, a-ton dit, allait, une fois de plus, lui venir en aide. Mlle L…, la sœur de la veuve Buisson, lui disait, dans l'appareil, qu'elle avait une communication extrêmement urgente à lui faire et qu'elle demandait à être reçue immédiatement par lui.

— Je vous attends, répliquait simplement M. Dautel.

Un quart d'heure après, elle pénétrait dans son bureau.

La jeune Mlle L…, tout en paraissant très émue, donna immédiatement au commissaire de la brigade mobile, l'impression d'une personne qui sait où elle va, et ce qu'elle veut.

— Monsieur, dit-elle, il n'y a pas une heure, je viens de rencontrer, dans un magasin de, la rue de Rivoli, où il commandait de la vaisselle, l'ingénieur Frémyet, avec qui ma sœur devait se marier.

— Vous en êtes bien sûre ? interrogeait M. Dautel, vivement intéressé par ce préambule prometteur.

— Absolument, répliquait la jeune femme de chambre, avec un accent de certitude absolue.

Quand on a vu cet homme une fois dans sa vie, on ne peut pas l'oublier, car il ne ressemble à aucun autre. J'ajouterai même qu'il portait à sa boutonnière sa rosette d'instruction publique.

— Vous lui avez parlé ?

— Non ! car je préférais qu'il ne me reconnût pas... et j'ai trouvé plus prudent de le suivre, mais il a subitement disparu dans la foule.

— Je vous remercie, mademoiselle, reprenait le jeune magistrat. Rentrez tranquillement chez vous, ne racontez a personne ce que vous venez d'apprendre et de me dire ! j'espère bien que d'ici peu nous saurons la vérité sur la disparition de Mme votre sœur.

Douloureusement, Mlle L... fit :

— J'ai bien peur que ce misérable l'ait assassinée !

Bien qu'il fût entièrement de cet avis, M. Dautel répliquait :

— J'ose espérer que non, mademoiselle. En tout cas, je vous remercie du renseignement que vous m'avez apporté ; soyez sûre que je vais en faire mon profit.

A peine Mlle L... avait-elle quitté le bureau du commissaire, celui-ci se rendait en toute hâte rue de Rivoli, au magasin dont Mlle L... lui avait laissé l'adresse. Là, on lui donnait le nom de l'acheteur de vaisselle, qui avait été inscrite sur le livre de commande ; Guillet, ingénieur, rue Rochechouart, 76.

Immédiatement, M. Dautel, flanqué des inspecteurs Belin et Brandenberger, se rendaient rue Rochechouart. Son premier soin était d'interroger la concierge. Elle lui déclarait que si elle n'avait pas dans sa maison de locataire du nom de Frémyet, elle en avait un au troisième qui s'appelait Guillet, qu'il était marié, ingénieur, qu'il avait une auto, que c'était un homme très bien, qu'il payait fort exactement, son terme, et n'était pas plus regardant qu'un autre. Elle ajouta qu'il partait souvent en voyage pour ses affaires, et qu'il était d'ailleurs chez lui en ce moment.

M. Dautel laissa ses deux inspecteurs en observation, et retourna à la Préfecture de police. Dans le bulletin de police des criminels, il retrouvait rapidement trois ou quatre fiches concernant un individu nommé Henri-Désiré Landru, âgé de cinquante et un ans, dit Guillet, qui était recherché pour escroqueries par les juges d'instruction Genty et Saumendre, du Parquet de la Seine.

Le commissaire de la brigade mobile eut un sursaut de joie ; pour lui, maintenant, il n'y avait plus l'ombre d'un doute ; Guillet, Frémyet, Dupont et Landru, c'était le même bonhomme.

M. Dautel repartit aussitôt pour la rue Rochechouart. Mais la nuit était venue ; l'arrestation était impossible quant à présent. Les deux inspecteurs furent obligés de passer la nuit devant la porte de Landru et d'attendre, le petit jour pour le « sauter ».

Le matin, ils sonnaient à la porte. Ce fut Fernande Segret qui vint leur ouvrir. Franchissant le seuil de la chambre à coucher dont la porte était restée ouverte, ils se trouvent en face de Landru, qui, toujours matinal, commençait à s'habiller. Sans lui donner le temps de respirer, l'inspecteur Belin lui disait :

— Vous êtes bien le sieur Henri-Désiré Landru ?

Bien qu'il ne s'attendit pas à ce coup de force, le misérable, dominant son angoisse intérieure, répliquait en jouant la surprise :

— Je m'appelle Lucien Guillet, et je suis né Rocroy. le 18 septembre 1874.

— Ça va ! ponctuait l'inspecteur Brandenberger.

— Que me voulez-vous ? plastronnait le gredin.

— On vous le dira tout à l'heure…

— Mais…

— En attendant, nous avons l'ordre de vous emmener à la brigade mobile.

— Vous êtes des policiers ?

— Vous devez bien vous en douter un peu.

— Mon Dieu, non !

— Allons, suivez-nous !

— Vous l'arrêtez ? s'écriait Fernande Segret, qui n'en croyait ni ses yeux, ni ses oreilles.

Sans répondre directement à la question que lui posait la jeune artiste lyrique, l'inspecteur Belin lui disait :

— Venez avec nous, vous aussi, madame.

— Donnez-moi le temps, au moins, de mettre un manteau, un chapeau.

— Faites !

Fernande passa dans le cabinet de toilette : Landru, qui avait repris tout son sang-froid, demandait d'un air un peu narquois à Brandenberger :

— Est-ce que j'ai le droit de fumer une cigarette ?

L'inspecteur répondit par un signe de tête affirmatif. Tout de suite, il avait jaugé son homme.

Ce n'était certainement pas un criminel ordinaire, et il se dit en lui-même :

— Voilà un gaillard qui va donner pas mal de fil à retordre à la justice.

Sur un ton de goguenardise aimable ; Landru reprenait, tout en tirant quelques bouffées de tabac :

— Excusez-moi de vous avoir fait lever de si bonne heure. Je me demande vraiment pourquoi. Mais pardonnez-moi, monsieur l'inspecteur, j'avais oublié de vous offrir…

Il tend un paquet rosé à Brandenberger, qui a un geste de refus.

— Ce sont des gauloises, fait Landru. Vous ne les aimez peut-être pas je regrette de n'en avoir pas d'autres.

Mais voici Fernande Segret qui, nerveuse, préoccupée, revient, prête à partir. Tout en se mettant un peu ne poudre de riz, elle fait :

— Messieurs, je ne vous ai pas fait trop attendre ?

Puis, s'approchant de Landru, elle lui murmure à l'oreille :

— Tu sais ce qu'ils nous veulent ?

— Ma foi non, répond Landru, le plus naturellement du monde.

Encadrés par les deux inspecteurs, ils descendent l'escalier, s'engouffrent dans un taxi qui les attendait devant la porte de l'immeuble et arrivent au bureau de la brigade mobile. Tout de suite on introduit le faux ménage Guillet auprès de M. Dautel, qui les attend avec impatience.

Immédiatement, le commissaire lui dit :

— Vous êtes bien Henri-Désiré Landru ?

— Pas du tout !… proteste lu gredin.

Mais le commissaire lui met aussitôt sa fiche sous le nez, et Landru, sans se départir du plus grand calme, demande :

— Pourquoi m'a-t-on amené ici ?

On lui répond :

— Pour que vous nous donniez des explications au sujet de la disparition de deux femmes, Mme Buisson et Mme Collomb, auxquelles vous aviez promis le mariage, et que vous aviez emmenées dans votre villa de Gambais.

L'accusation est nette, précise. Vous croyez que Landru va se démonter ? Pas du tout ! Il répond, avec un sourire non dénué d'ironie :

— Je suppose que vous n'allez pas m'accuser de les avoir fait disparaitre ?

Tout en le fixant bien dans les yeux M, Dautel reprend :

— Pourtant ?

— Oh ! Oh ! s'écrie Landru, m'inculper d'assassinat,… C'est bien gros, monsieur le commissaire ! Car il s'agit de la tête d'un homme.

Et il ajoute :

— Je ne parlerai qu'en présence d'un avocat.

A partir de et moment, il se cantonne dans le mutisme le plus absolu. Il n'en sortira que lorsque, après un interrogatoire des plus serrés, et au cours duquel il acquiert la certitude que Fernande Segret ignore tout de la véritable existence de Landru, le commissaire de police dit à celle-ci :

— Vous pouvez vous retirer, mademoiselle,

Elle regarde son ami avec mélancolie. Puis, se tournant vers le magistrat, elle lui dit :

— Monsieur le commissaire, je ne puis que vous répéter une chose, c'est que M. Guillet a toujours été très bon envers moi ; c'est un homme très gentil et très doux. Nous devions nous marier…

Elle pleure…

Vous croyez que Landru va s'attendrir lui aussi, et se précipiter dans les bras de cette femme qu'il a aimée et qu'il aime vraiment encore. Oh ! pas du, tout ! A la stupéfaction de M Dautel et des deux inspecteurs qui assistent à la scène, il se tourne vers elle, et se met à lui chanter l'air de Manon :

— Adieu notre petite table !

Et il la laisse partir sans même l'embrasser…

M. Dautel est un homme très expéditif. Immédiatement il donne l'ordre de fouiller Landru, et voilà qu'on découvre une pièce qui va devenir entre les mains de l'accusation une arme terrible. C'est un vulgaire calepin recouvert de toile cirée noire, et, rempli d'inscriptions bizarres, difficiles à déchiffrer, et, au premier abord, incompréhensibles pour tout autre que celui qui les a écrites.

« Cuchet, C. Cuchet ; Brésil. Crozatier : Havre, C. t. Buisson. A. Collomb. Andrée Babeley, M. Louis Jaume. A. Pascal M. T Marchadier.

Sur d'autres pages, on lisait ceci :

Dépenses du 25 décembre :
2 billets métro, aller et retour.
Invalides : 0,40.
Un aller : 3,95.
Un aller et retour : 4,95.
Un billet (aller) : 2,75.
Un billet (aller et retour) : 4,40
13 mars :
2 billets (aller et retour) : 9,90
27 avril :
Connaissance F. Pascal : 4.90
Biscuits, malaga.
4 avril :
Invalides, voiture : 3.
Billets : 3.1., 4,95.
Diligence : 2,40.
Houdan (St-Lazare) : 10 fr.
18 janvier :
Diligence ; 1,75.

Cela constituait le fameux carnet de Landru, qui, comptable modèle, consignait ses dépenses les plus menues, prouvant ainsi que sa manie d'ordre et de régularité l'emportait sur son souci pourtant très grand de prudence.

Après avoir pris connaissance de ce document, M. Dautel demandait au sire de Gambais :

— Que signifient tous ces noms, ces billets d'aller et retour, ces billets simples, et ces dates, et ces heures ?...

Toujours avec la même sérénité, Landru répliquait :

— Cela ne vous regarde pas !

Mais il avait affaire à forte partie, Toujours expéditif, le commissaire de la brigade mobile partait avec Landru en taxi et se rendait successivement 113, boulevard Ney, où avait habité Mme Buisson, et 22, rue de Châteaudun, où avait logé Mme Collomb. Il confrontait Landru avec les deux concierges qui le reconnaissaient aussitôt l'une et l'autre, pour le fiancé de leurs deux locataires disparues. Mais une autre surprise, non moins désagréable, attendait le gredin à son retour dans les bureaux de la brigade mobile. En effet, il se trouvait nez à nez avec Mlle L... et Mme P..., une autre sœur de Mme Buisson, qui, elles aussi, l'identifiaient immédiatement pour leur beau-frère de la main gauche.

Décidément, Landru était doué d'un cran formidable.

En effet, nullement démonté, il se contentait de cette petite explication :

— Vous voyez maintenant qui je suis. Et vous savez pourquoi j'ai dissimulé mon identité. Je suis un escroc, c'est entendu, mais prouvez-moi que je suis un assassin !

« Un ami quitte sa maitresse ; on se brouille ; cela se voit tous tes jours ; mais il n'est pas un assassin pour cela. Je n'ai rien de plus à vous dire !

Malgré le mutisme de Landru, le commissaire n'allait pas tarder à réaliser de nouvelles découvertes. Au cours d'une perquisition rue Rochechouart, en ouvrant une malle, il y avait découvert une énorme quantité de lettres de femmes, écrites de 1914 à 1919, d'annonces matrimoniales, de bijoux féminins, de photos ; il mettait ensuite la main sur un autre carnet, sur des dossiers qui portaient chacun un nom de femme dans lesquels étaient rangés des papiers d'état civil, des lettres, des photos, au même nom.

Maintenant, la justice tenait Landru ; elle n'allait plus le lâcher.

On se souvient de l'impression formidable que produisit dans le public la nouvelle de l'arrestation du sire de Gambais.

Landru le tueur de femmes, le Barbe-Bleue de Gambais, un Fregoli du crime, tels étaient les titres des articles sensationnels que publiaient les journaux.

Début magnifique, lancement incomparable de l'extraordinaire roman-feuilleton vécu, qui allait non pas pendant quelques, semaines, mais pendant, plusieurs mois, tenir haletants, des millions et des millions de lecteurs.

Avant d'arriver au procès,... résumons rapidement les opérations de la justice :

Landru arrêté à Paris, avait été mis presque aussitôt à la disposition de M. de Thoré, juge d'instruction à Mantes. On lui avait donné pour défenseur d'office, un avocat-avoué, l'honorable M. D..., qui semblait littéralement écrasé sous le poids d'une cause qu'il n'avait nullement sollicitée.

Mais le Parquet de la Seine n'avait pas été sans regretter vivement de voir lui échapper une si belle affaire, et il réclamait à corps et à cris ce Landru qui s'était permis d'aller commettre ses crimes sur un territoire autre que celui de son ressort.

Somme toute, rien ne prouvait encore que Landru eût assassiné ses fiancées hors du département de la Seine. Des lettres furent échangées, et après une intervention du garde des Sceaux, le 25 avril, le sire de Gambais quittait la prison de Mantes, et s'en allait se faire hospitaliser par le directeur de la Santé.

M. Bonin, un criminaliste de premier ordre était chargé de l'instruction, et Landru choisissait pour avocat un de nos maîtres les plus illustres du barreau moderne, ce subtil juriste, doublé d'un si magnifique tribun, nous avons nommé Me de Moro-Giafferi.

L'affaire Landru redevenait une affaire bien parisienne. M. Bonin, après avoir procédé à plusieurs interrogatoires de l'inculpé qui ne donnèrent d'ailleurs aucun résultat, et étudié, avec un soin méticuleux, toutes les pièces qui figuraient déjà au dossier, ordonnait des perquisitions dans la villa que Landru avait occupée à Vernouillet.

Trois ans après le départ de ce dernier, et son remplacement par plusieurs locataires successifs, elles ne pouvaient être qu'infructueuses. Cependant, les habitantes de Vernouillet, voisines de Landru, déclarèrent que pendant l'été de 1915, elles avalent remarqué des fumées épaisses qui sortaient de la villa, et vu Landru, faire des sorties nocturnes insolites, et porter des colis suspects. Un après-midi, il avait été vu attisant de quatre heures à onze heures du soir, un feu dans lequel il avait jeté une sorte de malle, qui brillait en pétillant, et dont il se dégageait une mauvaise odeur, une dame V... fit même, à un moment, cette réflexion dont elle ne soupçonnait pas toute l'importance :

— Ah ! mon Dieu, serait-il en train de bruler ses femmes ?...

Le mari de cette dame, ancien boucher, notait, de son coté, que les fumées qui se dégageaient de la villa, avalent une odeur de chair brûlée.

A ce moment, Landru se débarrassait des parties du corps d'une de ses victimes, celle qu'il n'avait pas emportées dans son automobile pour la jeter dans la Seine.

Une perquisition opérée quelques jours après à Gambais, allait confirmer cette si vraisemblable hypothèse.

Déjà, on avait retrouvé les cadavres des trois chiens, les griffons de la pauvre Mme Marchadier, ainsi que du chat de l'infortunée Mme Pascal. Différents témoins du voisinage s'en vinrent déclarer qu'ils avaient remarqué parfois, dans la villa occupée par Landru, de vives lueurs accompagnées de dégagements de fumée, sortant de la cheminée de la cuisine.

L'un d'entre eux observa même :

— On aurait dit qu'il brulait de la corne !

Un autre prétendit qu'il avait été fâcheusement impressionné par cette odeur qui lui rappelait de pénibles souvenirs d'un voisin brulé récemment devant lui, à la suite d'un accident.

Un troisième jura n'avoir jamais respiré pareille infection.

Enfin, un boucher du pays raconta que passant vers neuf heures du soir devant la villa, cinq jours après la disparition de Mme Marchadier, il avait aperçu une lumière intense qui provenait de la fenêtre de la cuisine. Il fut prouvé que Landru se trouvait, ce jour là, chez lui. Sans doute était-il en train de faire disparaître les restes de sa dernière victime.

Quelques jours après, un médecin déclarait que, par une soirée de printemps 1916, il avait vu Landru jetant mystérieusement dans l'étang des Bruyères un pesant colis qu'il avait apporté dans sa camionnette.

Enfin, une lettre anonyme parvenait au Parquet ; elle était conçue en ces termes :

Monsieur le procureur de la République, ma conscience m'oblige à vous révéler certains faits que la crainte d'un scandale m'a empêchée de« divulguer jusqu'à ce jour. J'ai été parmi celles qui se sont laissé duper par cet abominable Landru. Et plus heureuse qu'elles. J'ai échappé à la mort et voici comment :

Ayant eu la faiblesse et l'imprudence de me laisser entraîner par ce misérable dans sa villa de Gambais, je découvris sous le traversin du lit, une cordelette disposée en lasso, et qui formait, entre les mains d'un assassin, l'arme la plus dangereuse que l'on pût imaginer. Je me rappelai alors, qu'à plusieurs reprises, Landru m'avait tâté le cou avec ses doigts, puis dit en riant :

Quand je pense qu'il suffirait de serrer un peu fort pour t'envoyer dans l'autre monde. Ce que c'est peu de chose qu'une vie humaine !

Instantanément, une crainte m'envahit ; Landru, qui m'avait demandé d'apporter avec moi mes bijoux et mes valeurs, ne m'avait-il attirée dans cette maison isolée que pour m'étrangler ?

Affolée, je quittais la villa avant qu'il n'eût le temps de me rejoindre.

« J'ai tenu monsieur le procureur, à vous-mettre au courant de ce fait, pensant qu'il aiderait à éclairer la justice sur la façon dont le misérable s'y prenait pour faire disparaitre les malheureuses qu'il avait attirées chez lui.

« Si je ne signe pas cette lettre, c'est parce qu'aujourd'hui je suis mariée à un homme très honorable, auquel je suis très sincèrement attachée, et que j'occupe une situation que je dois protéger contre toutes sortes de médisances. Mais, monsieur le procureur croyez que je vous ai dit toute la vérité.

Veuillez agréer mes salutations empressées.

ALBERTE.

Pendant ce temps, je juge d'instruction faisait procéder à l'exploration de l'étang des Bruyères, de l'étang neuf et de la marre des Fosses, qui se trouvaient aux environs.

Deux équipes d'agents de la brigade fluviale, dirigées par un spécialiste, le brigadier Humbert, qui, venu de Lyon tout exprès, procédait avec des bachots et des gaffes. Il y avait des pêcheurs recueillant à l'épuisette des carpes et des brochets, beaucoup de touristes accourus en automobiles, à pied ou en bicyclettes, puis, tout un pensionnat de demoiselles qui apprenaient ainsi comment disparaissaient les vierges folles. Il y avait des inspecteurs, il y avait des reporters. Le premier jour, les recherches furent infructueuses. Le surlendemain on recommença. Les vannes levées ne laissaient plus qu'un peu d'eau vaseuse dans la mare, et comme les curieux affluaient, les forains, ingénieux, avaient dressé des tables et vendaient de la bière. On était à la foire, on trinquait en regardant les agents manier les grappins et des gaffes, et on se lançait des plaisanteries d'une rive à l'autre.

Une chaussette d'homme, repêchée, provoqua des lazzis. Elle fut saisie, photographiée, puis transportée à toute vitesse, en auto, à Paris. Plus tard, un morceau d'os apparut au bout d'une perche ; le débris bourbeux semblait trop gros au profane pour provenir d'un squelette humain, et la pièce anatomique fila vers le laboratoire, mais ce fut tout ce que l'on trouva.

De l'étang des Bruyères, on s'en fut à l'étang neuf. C'était un bel étang, vaste, et frais, encerclé d'arbres. Malgré l'acharnement des spécialistes, on n'y trouva rien, absolument rien ! cela n'était pas surprenant, notamment dans l'étang des Bruyères, ou la vase avait plus de trois mètres de profondeur.

Mais si ces sondages ne devaient donner aucun résultat, il n'allait pas en être de même lors des perquisitions entreprises dans la villa de Gambais, où la maison, avec ses meubles et ses placards, les hangars et bâtiments attenants, avaient été fouillés avec le plus grand soin, ainsi que le jardin.

On y recueillit, en effet, des os et des dents humaines, sur un tas de cendre recouverte par des branches et des feuilles desséchées, dans un hangar dépendant de la maison d'habitation.

Des restes humains identiques furent recueillis en deux endroits du jardin, gisant épars, toujours parmi les cendres.

Dans la cuisinière, enfin, que Landru avait achetée et fait installer dès son arrivée à Gambais et dont il appréciait les qualités au point de dire à une de ses « fiancées » : « Elle marche si bien, qu'on brule tout ce que l'on veut dedans ! », le médecin légiste, l'éminent Docteur Paul, retira d'un monceau de débris et de cendre, un fragment osseux qui fut reconnu nettement comme étant un métacarpien humain.

MM. Bayle et Kling, chefs du laboratoire de policé, chargés d'examiner les cendres relevées à Gambais, déclarèrent qu'elles renfermaient une proportion notable de cendre d'os. Ils trouvèrent mélangés des objets provenant de vêtements féminins, des boutons pression, des agrafes de jarretelles, des épingles de sûreté, des épingles de cheveux. Ils établirent ensuite, après des expériences multiples, combien il lui était facile d'incinérer dans le fourneau de la cuisinière des quantités importantes de chair et d'os et d'y détruire, en moins de vingt-quatre heures, des fragments cadavériques pouvant atteindre jusqu'au poids de cinquante kilogrammes.

Les débris d'os, les morceaux de crâne, les dents, examinés et décrites par les experts, démontrèrent d'une façon irréfutable que des incinérations avaient été faites.*(L'affaire Landru, par Emmanuel Bourcier). Tous ces fragments provenaient de sujets humains différents, trois au moins, dont le sexe n'a pu être scientifiquement déterminé, faute d'un examen possible des os du bassin.

Cependant, les hommes de science chargés de les examiner, furent unanimes à déclarer que l'un des sujets était de petite taille et ne devait pas dépasser un mètre soixante. Il s'agissait très certainement d'un individu du sexe féminin, ainsi que tendait à l'établir ses dents petites et régulières. Tous ces os avaient été calcinés ; ceux provenant du crâne avalent été brûlés par fragment plus ou moins volumineux, mais non entier. Les dents étaient calcinées avec les mâchoires : ce qui le prouve, c'est que certaines, sorties de leurs alvéoles, sous l'influence de la chaleur, avaient subi une combustion secondaire en contact avec les charbons incandescents. Enfin, il fut démontré que les os provenant des crânes, avalent été défoncés à l'aide d'un instrument de forte masse, telle qu'une hache, tandis que les os longs, provenant des membres, portaient la trace de section à la scie. Cette dernière observation était d'une importance capitale, puisqu'on avait retrouvé, parmi les cendres recueillies dans la villa de Gambais, les fragments d'une lame provenant vraisemblablement d'une scie à métaux. Or, le fameux carnet de Landru établissait qu'il en avait acheté par douzaine et à de nombreuses reprises. Ainsi donc, grâce à la ténacité du juge d'instruction, à la science et à la méthode des techniciens et des experts, et à la lettre si convaincante et si sincère de la mystérieuse Alberte, la façon d'opérer du criminel se trouvait logiquement et exactement reconstituée. Landru, après avoir étranglé ses fiancées à l'aide d'un lasso qu'il plaçait sous son traversin, cachait leur corps dans une sorte d'appentis bas qui servait de cave. Puis, il revenait le lendemain et le surlendemain pour les découper, ce qui pouvait se faire très aisément sans émission sanglante. Il lui suffisait auparavant de saigner le corps. Ensuite, il brûlait peu à peu les débris dans la cuisinière, et peut-être faisait-il disparaître lès plus gros dans l'étang de Bruyères, où ils ne tardaient pas à s'enliser profondément dans la vase.

Ajoutons qu'au cours des perquisitions effectuées à Gambais, au garage de la rue Maurice et rue Rochechouart, on découvrit d'assez nombreux objets qui avaient appartenu à ses victimes, tel que le livret de mariage de Mme Cuchet, le certificat d'étude primaire et le livret d'apprenti du fils, le secrétaire Empire de Mme Laborde-Line, des vêtements de Mme Guillin, sa jaquette bleue, ses faux cheveux, ses draps, ses serviettes, ses mouchoirs marqués à ses initiales, ses actes de naissance et de mariage, l'acte de décès de son père, la photographie de l'ancien maître qui lui avait légué sa petite fortune qui devait être cause de sa perte. On découvrit aussi le manteau de fourrure de Mme Héon, qu'elle portait l'hiver, au moment de sa disparition, ses papiers d'état civil, son acte de baptême reçu en l'église de Notre-Dame du Havre, ses lettres personnelles, etc… etc… du linge ayant été la propriété de Mme Collomb, son livre de messe, son rond de serviette, son fer à friser. Un petit carnet de soie ayant appartenu à Mlle Babeley, son bulletin de naissance, ses certificats de travail, une carte d'identité, et la fameuse photographie de ses parents habillés, en Roumains, qu'elle avait enveloppée pour la retourner à sa mère. On trouva jusqu'aux postiches de Mme Buisson, confondues avec ses souvenirs personnels, la photographie de sa mère et des siens, son contrat de mariage, l'acte de la succession de son mari, ses certificats de famille, ses lettres personnelles. Enfin, on récupéra des draps, du linge de corps, une fourrure noire, et jusqu'à un fer à friser qui avaient appartenu à Mme Marchadier, ainsi que sa photographie, toute une correspondance, et sa carte de sucre, si nécessaire à cette époque. Malgré toutes les charges qui pesaient sur lui. Landru continuait à nier. Il continuera jusqu'au bout, et il mourra même en affirmant son innocence. Si bien qu'il existe encore dans le public des gens qui, toujours prêts à se laisser convaincre par les affirmations cyniques d'un accusé audacieux et à s'apitoyer plus facilement sur le coupable que sur les victimes sont à l'heure actuelle, persuadés, ou tout au moins font semblant de l'être, que le sire de Gambais était innocent, et que ses fiancées ont disparu d'elles-mêmes, soit pour aller courir l'aventure en des pays lointains, soit pour se faire enfermer bénévolement dans des maisons dites hospitalières, probablement parce que les malheureuses qui s'y laissent cloîtrer, ne peuvent plus en sortir qu'avec les plus grandes difficultés. Légende stupide, ridicule, odieuse, que les faits que nous venons de retracer, dans leur intégrale authenticité, appuyés sur des documents irréfutables, ainsi que l'instruction du procès et les débats en cour d'assises se sont chargés d'impitoyablement détruire.

Chapitre XI : Une instruction laborieuse. Un mur de silence. En correctionnelle. Landru facétieux. Vingt des chefs d'accusation.

L'instruction devait être longue et laborieuse. Tout d'abord, M. Bonin, l'excellent magistrat auquel elle avait été confiée, avait tenu à étudier avec le plus grand soin le dossier formidable de cette affaire, et cela, avant de pousser à fond l'interrogatoire de l'accusé. Ce ne fut que lorsqu'il se jugea suffisamment documenté, qu'il fit venir Landru dans son cabinet. Le bruit s'en était vite répandu, il n'en fallut pas davantage pour que le Palais s'emplit d'une agitation fébrile, causée par la curiosité que suscitait encore notre Barbe-Bleue moderne. Aussi, de nombreux avocats, reporters, curieux et curieuses, guettaient-ils par les fenêtres l'entrée des paniers à salade déversant dans la cour intérieure les prévenus enchaînés, que les gardes conduisaient chez le juge.*(L'affaire Landru par Emmanuel Boursier)

« Il fallait surprendre Landru et ses gestes quand il apparaîtrait. Les reporters surveillaient la souricière, espérant le voir surgir, il débusqua brusquement d'un couloir. Sa petite taille surprit, ses yeux vifs de renard, creusés contre le nez pointu, inspectèrent tranquillement la foule. Il passa en revue la haie formée devant lui, eut un sourire. L'explosion des capsules de magnésium, le déclic des appareils photographiques ne le firent pas ciller. La tête haute, cambré, insolent et railleur, il rentra chez le juge ; la porte se ferma sur lui et sur son avocat, Me de Moro-Giafferi, assisté de Me Navières du Treuil, dont la toge laissait voir l'uniforme de lieutenant.

M. Bonin, poursuivant un plan méthodique et raisonné, commença par poser quelques questions à Landru sur la disparition de sa dernière fiancée, c'est-à-dire Mme Marchadier, dite la belle Mythèse.

— Vous emmenez, le 13 janvier, Mme Marchadier, disait M. Bonin. On perd immédiatement sa trace. Qu'est-elle devenue ?

— Je n'ai rien à répondre, faisait Landru, impassible.

— Vous avez bien pris, ce jour-là, deux billets pour Gambais ?

— Je n'ai rien à vous dire.

— Un billet d'aller et retour et un billet simple !

Pas de réponse.

— Vous avez procédé au déménagement des meubles, 330, rue Saint-Jacques, les, 14 et 15 janvier. Pourquoi ?

— Cela me regarde.

— Vous ne voulez pas répondre ?

— Je n'ai rien à répondre.

Telle était la phrase qui revenait sur les lèvres du misérable chaque fois que le juge d'instruction lui posait une question. A la fin, le magistrat, énervé par l'air narquois de l'inculpé, son obstination à se refuser de lui donner le moindre éclaircissement, s'écriait :

— Vous êtes un assassin !

Landru ripostait, sans la moindre indignation :

— Vous le dites ; prouvez-le, cherchez, fouillez, imaginez, mais prouvez si vous pouvez !

M. Bonin n'était pas homme à se laisser dérouter, ni décourager par l'attitude de « son client ». Avec une patience et une opiniâtreté inlassables, il continuait sa tâche. Le deuxième interrogatoire eut lieu le 7 juin.

« Toujours maître de son air et de son visage, le retors accusé ne répondait, une fois de plus, rien au juge. Celui-ci évoquait Mme Guillin disparue. Landru se taisait. Plus le magistrat insistait, plus son adversaire fermait le bec.

— Vous l'avez bien connue ?

— Je suis un galant homme… La vie privée d'une femme n'appartient qu'à elle !

— Vous avez vécu ensemble.

— Je n'ai rien à répondre, Les cheveux gris du juge s'approchaient du crâne chauve de l'accusé. Les yeux bleus fixaient les yeux bruns.

— Vous ne voulez rien dire ?

— Rien !

— Emmenez l'accusé.

Les interrogatoires se suivent et se ressemblent. On dirait que l'accusé s'amuse à voir rager son juge ! On discute au boudoir, au salon, à l'atelier, au café et ailleurs sur sa physionomie, On cherche à pénétrer cet homme impénétrable,

— Sadisme ?

— Intérêt ?

Les spécialistes des annales criminelles fouillent dans les grimoires. Ils avouent n'avoir jamais connu le cas d'un assassin sadique, liquidant l'avoir de ses victimes avec tant de méthode et de soin que le sire de Gambais. Il n'a rien laissé perdre. On étudie ses comptes. Il a bazardé les valeurs, lavé les titres et les bijoux, vendu les meubles. Ce n'est donc pas un Barbe-Bleue ; Landru est un monstre unique. Il continue toujours à poser la passivité du silence, l'inertie des dénégations, aux accusations formidables, dont tout autre que lui serait accablé. Il ne dira rien !

C'est en vain qu'on le confronte d'abord avec M. et Mme F…, sœur et beau-frère de la veuve Cuchet, qu'on le met en présence d'une dame B… qui connut, elle aussi, la première disparue.

— Je ne vous vis jamais, objecte Landru. J'ignore ce que vous voulez dire. Quelquefois, une brusque fureur secoue son calme. Il s'agite, ses veines se gonflent, son visage se contracte, ses yeux fulgurent, il va parler. Mais tandis que, déjà, le greffier trempe sa plume dans l'encre, et que le juge tressaille, il s'apaise :

— Je n'ai rien à vous dire.

Si le juge insiste, il se décide à répliquer :

— Je ne puis faire connaître la nature de mes relations avec Mme Guillin sans l'autorisation de cette dame.

Le juge, soudain, lui présente des dents humaines.

— Qu'est-ce que vous en dites, Landru ? Flegmatique, Landru se penche, regarde et fait :

— Tout ce que je puis dire, monsieur le juge, c'est qu'elles sont dans un mauvais état de conservation.

M. Bonin lui fait remarquer le sens d'une inscription portée sur le carnet fatal :

— Je lis 27 décembre 1907, 4 -7. Cela veut dire 4 heures, 7 minutes. C'est la minute précise où votre victime mourait.

— Vous en avez de joyeuses, fait Landru, en haussant les épaules.

Et laissant de nouveau monologuer son accusateur, il se renferme dans le plus profond silence. Un intermède se produisit entre l'instruction et les débats de la cour d'assises. Landru, en effet, comparait devant la 4ème Chambre correctionnelle, près de laquelle il avait eu le toupet de faire appel d'une condamnation à un jugement du 20 juillet 1914, qui le condamnait à quatre ans de prison et à la relégation.

La présence de Landru à la 4ème Chambre, avait attiré à l'audience nos plus jolies avocates. On s'étonnait fort du succès féminin collectionné par l'inculpé. L'accusé n'avait rien d'un séducteur, au moins en apparence. La barbe grisonnante, légèrement tondue, sceptique et dédaigneux, il fixe ses yeux malins sur le tribunal et s'amuse comme une petite folle de la rapidité avec laquelle les condamnations sont prononcées.

— Quelle justice ! l'entend-on dire à Me de Moro-Giafferi, On n'écoute même pas les défenseurs.

Il semble très à l'aise dans les bancs des prévenus. On sent un habitué. Le président Lemercier rappelle les faits.

— Vous aviez monté un garage à Malakoff, et vous engagiez les ouvriers à un salaire élevé, mais en leur réclamant un cautionnement que vous oubliiez de rendre, après un renvoi qui ne tardait jamais. Cette entreprise en somme, n'était qu'une façade pour vous permettre de commettre vos escroqueries.

Landru pointait du nez, souriait, lissait sa barbe et parlait :

— Il est singulier, disait-il, de voir combien la vérité est aisément déformée ! Mon atelier de Malakoff devient une façade, et mon garage une chimère ! Or, l'un et l'autre n'ont fait que croître et embellir ; même quand je ne m'en suis plus occupé.

— Il y a les témoignages, fait M. le juge, qui lut les dépositions.

Landru branla la tête et s'exclama :

— Ah oui, le tourneur !... il se plaint, le tourneur ! Mais sachez donc que lorsque cet ouvrier sortait une pièce de son tour, elle était droite comme le dos d'un chameau… Quant au dessinateur, il ne pensait qu'à la rotondité de son ventre. Le contremaître arrivait avec une boite de maçon, et j'ai dû mettre à la porte le serrurier que je croyais marié, alors qu'il avait une maîtresse !

Les rires fusent. Landru rigole. Les magistrats se mordent les lèvres. Le sire de Gambais est bien l'humoriste annoncé. C'est le pantin dont la foule attend les boutades et qui les lance, imperturbable, d'une voix sûre.

— Il s'est passé, dit-il, depuis, des choses autrement graves, et sur lesquelles la lumière se fera un jour…

C'est l'allusion escomptée. La parole va peut-être jaillir. Mais la correctionnelle n'est pas la cour d'assises, il le sait. Il se tait. C'est fini. Ce n'est plus le Barbe-Bleue, mais le tueur de femmes, assassin d'on ne sait combien de victimes. Ce n'est plus le mystérieux automobiliste du temps de guerre, amoureux locataire des villas de Vernouillet et de Gambais, c'est le chicanier retors et rusé, qui connaît son droit d'inculpé, et qui sait se défendre.

— On m'accuse d'escroquerie, fit-il. et je n'ai emporté de Malakoff que mon paletot. Mes collaborateurs avaient l'actif pour se payer, pourquoi n'ont-ils pas fait une saisie-gagerie ? Et quand le tribunal renvoie le jugement à huitaine, il a un petit geste condescendant :

— On se reverra, Ça me promène ! »

Bien que Landru s'obstinât toujours à nier sa culpabilité, en raison des charges accablantes qui pesaient sur lui, et après un examen des docteurs Vallon, Roubinovitch et Roques de Fursac qui constataient qu'il n'était atteint d'aucune maladie mentale et qu'il devait être considéré comme responsable de ses actes, le juge d'instruction adressait son rapport à la Chambre des mises en accusation, qui renvoyait Landru devant la cour d'assises de Seine-et-Oise, sous l'inculpation :

1° D'avoir, à Vernouillet, commis un homicide volontaire sur la personne de Jeanne, veuve Cuchet (avec préméditation et manœuvres frauduleuses).

2° D'avoir, dans les premiers mois de l'année 1910, soustrait frauduleusement une certaine somme d'argent et des Objets mobiliers au préjudice des héritiers de Mme " Jaume, veuve Cuchet.

3° D'avoir, à Vernouillet, dans les trois premiers mois de l'année 1915, commis un homicide volontaire sur la personne de Cuchet André, avec préméditation et manœuvres frauduleuses.

4° D'avoir, dans les trois premiers mois de l'année 1915, soustrait frauduleusement une certaine somme d'argent et d'objets mobiliers au préjudice des héritiers Cuchet André.

5° D'avoir, à Vernouillet, en juin ou en juillet 1916, commis un homicide volontaire sur la personne de Turan Thérèse, veuve Laborde-Line, etc., etc… .

6° D'avoir soustrait frauduleusement une certaine somme d'argent et d'objets mobiliers au préjudice des héritiers Turan Thérèse, veuve Laborde-Line.

7° D'avoir, à Vernouillet, en août 1915. commis un homicide volontaire sur la personne de Pelletier Marie Angélique, veuve Guillin, etc...

8° D'avoir, en août 1915, soustrait frauduleusement une certaine somme d'argent et des objets mobiliers au préjudice des héritiers Pelletier, veuve Guillin...

9° D'avoir, à Gambais, en décembre 1915, commis un homicide volontaire sur. la personne d'Henry Berthe-Anne, veuve Héon...

10° D'avoir, en décembre 1915, soustrait frauduleusement une certaine somme d'argent et des objets mobiliers au préjudice des héritiers de Henry Berthe-Anne, veuve Héon...

11° D'avoir, à Gambais, le 27 décembre 1916, commis un homicide volontaire sur la personne de Moreau Anna, veuve Collomb...

12° D'avoir, le 27 décembre 1916, soustrait frauduleusement une certaine, somme d'argent et d'objets mobiliers, au préjudice des héritiers de Moreau Anna, veuve Collomb...

13° D'avoir, a Gambais, le 12 avril 1917, commis un homicide volontaire sur la personne d'Andrée Babeley...

14° D'avoir, le 12 avril 1917, soustrait frauduleusement des objets mobiliers au préjudice des héritiers de Babeley Andrée.

15° D'avoir, à Gambais, le 1er septembre 1917, commis un homicide volontaire sur la personne de Lavie Célestine, veuve Buisson.

16° D'avoir, le 1er septembre 1917, soustrait frauduleusement une certaine somme d'argent et des objets mobiliers au préjudice des héritiers de Lavie Célestine, veuve Buisson.

17° D'avoir, à Paris, le 10 septembre 1917, en présentant devant M. P..., agent du change près la Bourse de Paris, sous le faux nom de Lavie, femme Buisson, une femme qui se nommait en réalité Rémy, femme Landru, fait dresser par ledit agent de change un acte de transfert de cent trois francs de rentes français à 3 0/0 nominative, immatriculées au nom de Lavie Célestine, veuve Buisson, et d'avoir fait frauduleusement apposer au pied de cet acte, par la femme Landru, la fausse signature ; C. Lavie.

18° D'avoir, à Paris, le 19 septembre 1917, fait usage de l'écrit ci-dessus spécifié, ainsi falsifié, connaissant sa fausseté.

19° D'avoir, à Paris, le 17 septembre 1917, en présentant à la banque A..., sous le faux nom de Lavie, femme Buisson, une femme qui se nommait en réalité Rémy, femme Landru, fait établir au nom de ladite veuve Buisson un bordereau constatant la vente de cent trois francs de rentes françaises 3 0/0 pour le prix à forfait de deux mille trente-cinq francs, et d'avoir fait faussement apposer ou bas de ce bordereau, par la, femme Landru, la fausse signature : Veuve Buisson .

20° D'avoir, à Paris, le 17 septembre 1917, fait usage de l'écrit ci-dessus spécifié, ainsi falsifié, connaissant sa fausseté.

21° D'avoir, à Gambais, le 26 novembre 1917, commis un homicide volontaire sur la personne de Barthélémy Louise-Léopoldine, femme Jaume...

22° D'avoir, à Gambais, le 26 novembre 1917, soustrait frauduleusement une certaine somme d'argent et des objets mobiliers au préjudice des héritiers de Barthélémy, femme Jaume.

23° D'avoir, à Gambais, le 5 avril 1918, commis un homicide volontaire sur la personne de Pascal Anne-Marie...

24° D'avoir, a Gambais, le 5 avril 1918, soustrait frauduleusement une certaine somme d'argent et des objets mobiliers au préjudice des héritiers de Pascal Anne-Marie.

25° D'avoir, à Gambais, le 13.ou le 14 janvier 1919, commis un homicide volontaire sur la personne de Mme Marchadier Marie-Thérèse…

Crimes prévu» par les articles 295, 287, 297, 302, 304, 379, 401, 147, 148, du Code pénal.

Fait au Parquet le 7 janvier 1921.

Pour le Procureur général.

L'avocat général délégué.

Robert Godefroy.

Landru devait comparaitre seul sur le banc des accusés. En effet, il fut démontré au cours de l'instruction que sa malheureuse femme avait agi en parfaite bonne foi et innocence absolue, ainsi que ses deux fils. Nous ne pouvons que nous incliner devant le désespoir de ces pauvres gens, qui ne commirent qu'une faute, c'est d'avoir trop confiance en Landru.

Et maintenant les derniers tableaux sur la terrible tragédie que nous venons de revivre, vont se dérouler devant la cour d'assises de Versailles.

Chapitre XII : Un procès sensationnel. Landru continue à nier. Incident d'audience. Réquisitoire et plaidoirie. Le verdict.

Le procès de Landru devait, durer vingt-six audiences. Que nos lecteurs se rassurent ; nous ne leur donnerons pas le compte rendu détaillé ; nous nous contenterons seulement de dépeindre la physionomie des audiences, d'en évoquer l'atmosphère, de décrire l'attitude de l'accusé, de citer quelques-unes de ses réponses les plus typiques et de faire le raccourci de la lutte ardente qui mit aux prises l'accusation et la défense .

Tout d'abord, si le sire de Gambais était défendu par le grand avocat qu'est Me Moro-Giafferi. Il allait se trouver en face d'un président, M. Gilbert, magistrat redoutable, plein d'autorité, d'à-propos et de finesse et d'un avocat général, M. Robert Godefroy, dont l'acte d'accusation, véritable chef-d'œuvre de clarté et de dialectique, avait déjà porté un coup, si redoutable au véritable mur de silence et de mystère dont l'accusé cherchait à faire une barrière entre la justice et lui. Landru s'en rendait-il compte ? Certes ! Et cependant, lorsque dans une salle pleine à craquer d'un public dit d'élite, et au milieu d'une curiosité d'autant plus impressionnante qu'elle était rigoureusement silencieuse, Landru apparut dans le boxe des accusés, il ne semblait nullement ému. Figure d'honnête courtier, qui semblerait banale, écrivait Henri Béraud qui a fait du procès Landru un compte-rendu inoubliable.

« Landru, dit-il, se penche avec politesse, darde vers le tribunal un nez mince et pointu qui semble flairer le vent ; enfin, il s'assied et l'on ne voit plus, pardessus la bande du box, qu'un visage froid, osseux, barbu et pommadé.»

Tandis que le greffier donne lecture de l'acte d'accusation, qui ne comporte pas moins de soixante-seize feuillets tapés à la machine, Landru l'écoute avec attention tantôt renversé contre le dossier de fer de son banc : tantôt la tète tournée vers les jurés impénétrables, ou vers le public, qui ne se rassasie pas de le contempler.

Puis, c'est l'appel des témoins, parmi lesquels Mlle Fernande Segret, qui s'efforce de se composer une attitude réservée et douloureuse.

Toute cette première audience est prise par la lecture de l'acte d'accusation, l'appel, des témoins et un petit discours de Landru qui, au seuil des débats tient à faire une déclaration solennelle d'innocence.

Aux audiences suivantes, il s'animera ; on sent que cet homme, doué d'une faconde intarissable, en a assez, de garder le silence. Il parle, non pas pour avouer mais au contraire pour discuter, pour protester, et tout cela avec une verve de camelot, des mots frisant la trivialité, ce que n'est pas sans lui reprocher le président Gilbert, qui, c'est le cas de le dire, conduit magistralement les débats.

Mais Landru ne se démonte pas et répond ;

— Vous savez, messieurs, que je n'ai reçu qu'une éducation primaire. Je ne puis m exprimer en termes aussi élevés que les vôtres, aussi je vous demande de juger mes réponse non sur les termes que j'emploie, mais sur la signification que je m'efforce de leur faire contenir.

Le président lui parle-t-il de son répertoire qui contient les noms et adresses des disparues, il réplique :

— La police, aurait-elle préféré trouver sur la première page une déclaration ainsi conçue : Le soussigné Landru reconnaît avoir assassiné les dix femmes dont les dix noms suivent.

Et goguenard, agressif même, il ajoutait :

— Il y a peut être d'autres disparues dont on ne parle pas. Quant à celles que vous appelez mes fiancées elles savaient ce qu'elles faisaient, d'autant plus qu'elles étaient toutes majeures. Avec une finesse, une bonhomie plus terrible, pour un accusé que la brutalité et la violence M. Gilbert poursuit son interrogatoire, enfermant peu à peu l'inculpé dans un véritable réseau d'où il semble qu'il ait bien de la peine à s'évader.

Mais la thèse du misérable est invariable, il a connu ces femmes, il a fait des affaires avec elles, il leur a acheté des meubles, des bijoux, des vêtements, elles étaient ses clientes, un point c'est tout. Quant à savoir, ce qu'elles sont devenues, cela lui est impossible, c'est à la police de chercher. Et il ajoute :

Après toutes les horreurs que l'on a débitées sur mon compte, je crains bien maintenant qu'aucune d'elle n'ose paraître pour me disculper.

Puis, c'est le défilé des témoins.

Et toujours le même pitoyable et banal refrain. Ma sœur, ma belle-sœur, ma voisine, m'avait dit qu'elle se mariait avec un monsieur très bien ; il n'était pas beau, mais distingué, mais très instruit ; elle-était heureuse de l'épouser.

Quand ils ont tout dit, épuisé leur mémoire de gens simples, leur mémoire usée par les soucis quotidiens, le président Gilbert leur pose à tous la même question :

— Croyez-vous que si Mme X… était vivante, elle vous aurait écrit ?

Et tous de répondre :

— Certainement !

Landru, que toutes ces dépositions semblent laisser indifférent, se fait somnolent, pour se réveiller de temps eu temps, pour discuter avec une habileté remarquable certaines affirmations dont il s'efforce d'atténuer la gravité. En un mot, il se réserve, ménageant ses forces pour d'autres audiences, pour le moment décisif où il devra disputer sa tête à l'avocat général dont quelques interventions très remarquées lui ont déjà prouvé qu'il n'avait à attendre de lui aucune pitié. Mais un incident profondément pénible va se produire, rendant plus grave l'atmosphère d'une salle remplie d'un trop grand nombre d'invités qui ont accueilli avec des rires déplacés les boutades, les prétendus mots du sire de Gambais… Tour à tour deux dames eu deuil viennent d'apparaître à la barre. Ce sont la mère et la sœur de Mme Collomb.

— Madame, demande le président à la mère, reconnaissez-vous l'accusé ici présent ?

La pauvre femme dirige un regard brûlé de larmes vers le misérable qui ne sourcille pas et elle répond d'une voix brisée par les sanglots :

— Oui, je le reconnais.

Il ne bronche toujours pas. Mais, cette fois, il a légèrement baissé la tête et ses yeux perçants n'osent pas affronter les yeux douloureux de la pauvre vieille maman, dont il a pour toujours brisé le cœur et endeuillé la vie.

Enfin, voilà l'heure du carnet arrivée. Ce fameux carnet que Landru appelle lui-même le bréviaire de l'accusation et qui est en réalité le principal témoin de la justice.

C'est une chose inimaginable ! nous dit Henri Béraud ; non point comme chacun le croit, un banal calepin, graisseux, ainsi qu'un vieux livret militaire, et hachuré de notes écrites au crayon un peu partout, en toutes occasions, et dans tous les sens. Loin de là ; c'est une véritable comptabilité de poche, un minuscule registre folioté, daté, où cet homme bizarre portait tout en compte et notait la sortie de deux sous consacrés à l'achat d'une boite d'allumettes. Tout cela est soigneusement réglé, vergé, cadrillé, à l'encre rouge, par Landru lui-même, et cela constitue, au bout du compte, les véridiques mémoires de cet homme-chiffre, de ce compteur vivant pour qui toutes choses : l'argent, la famille et l'amour n'étaient qu'affaire de matricule : métal 1, c'est l'or ; F. 4 c'est Marcel Landru son fils, et 6 tout court, c'est Andrée Babeley, la jolie fille fantasque et bluffeuse… Et Landru continue à nier éperdument. Qu'il s'agisse de Mme Cuchet, de Mme Laborde-Line, de Mme Guillin, de M Héon, de Mme Colomb, de Mme Babeley, de Mme Buisson, de Mme Pascal, de Mme Jaume et de Mme Marchadier, chaque fois que le président lui pose son invariable question :

« Voulez-vous nous dire, Landru, ce que devient cette femme après vous avoir quitté ? »

Landru répond :

— Je n'ai rien à dire !…

— Il est épatant ! disent les uns.

— Il se coule ! disent les autres, Car maintenant le public est composé de deux clans très distincts et très opposés, les Landruistes et les anti-Landruistes : Les uns, par snobisme, veulent à tout prix qu'il soit innocent, les autres, et ce sont les plus nombreux, et les débats ne font que les confirmer dans leur opinion, estiment au contraire qu'il est coupable.

Pendant les suspensions d'audience, on discute ferme, à savoir si une fiancée ou une cliente ne va pas bientôt reparaître, faisant s'écrouler d'un seul coup édifice de l'accusation, « Reviendra ? reviendra pas »… scandent les partis adverses, entraînés, passionnés par cette lutte, que trop d'entre eux considèrent comme du sport et dont la tête d'un homme est l'enjeu. Avec le temps, les esprits vont encore s'échauffer. Déjà, plusieurs escarmouches ont dressé l'un contre l'autre l'avocat général Robert Godefroy et Me de Moro-Giafferi. Landru s'en est mêlé et dominant le tumulte, il a lancé à l'avocat général ce défi qui a produit une réelle sensation dans l'auditoire :

— Ma tête !… Vous parlez toujours de ma tête. Je regrette de ne pas en avoir plusieurs à vous offrir…

Et voici un des instants les plus sensationnels du procès. L'huissier vient d'appeler Mlle Fernande Segret, la rescapée. Une rumeur éclate dans la salle.

— Silence ! crie l'huissier.

— Nous ne sommes pas au théâtre, fait observer le président Gilbert.

— Votre profession, mademoiselle ?

— Artiste lyrique.

Quelques ricanements s'élèvent…

Mais bientôt on ne rit plus.*(Le procès Landru, par Henri Béraud) Ce fut même très émouvant. Mademoiselle Fernande Segret à parlé comme on pouvait attendre. Elle a donné l'impression, d'un être délicat, fin et droit, une compagne au surplus courageuse. J'entends une compagne qui ose défendre ses souvenirs. Non seulement, elle n'a point chargé le misérable, mais, au contraire, elle a déclaré qu'il s'était toujours conduit envers elle avec une correction absolue.

Durant cette déposition. Landru se tint immobile, les yeux clos. On eût dit qu'il s'enveloppait dans les ombres du passé il ne rouvrit les yeux que pour voir partir Mme Fernande Segret :

Il semblait ému ; on ne l'avait jamais vu ainsi.

Et voilà que, brusquement, le président Gilbert, devenu plus menaçant à mesure que les débats s'allongent, porte un coup direct à l'accusé :

— Comment avez-vous assassiné ces femmes ?

Landru tressaille, se lève, enlève ses lunettes ; va-t-il parler ? Non ! Il se tait. Il se taira lorsque les gens de Gambais viendront répéter ce qu'ils ont dit à l'instruction, c'est-à-dire, qu'ils ont senti aux alentours de la villa les odeurs suspectes de corne brûlée. Il se taira lorsque ces deux limiers remarquables, le commissaire Dante et le brigadier inspecteur Riboulet viendront énumérer devant le jury attentif les charges qu'ils ont réussi à accumuler sur sa tête. Il se taira encore lorsque le docteur Paul, médecin-légiste, déclarera :

— J'ai fait l'expérience de bruler quelques têtes avec ou sans cervelle. Il faut une heure dix pour réduire en cendres la tête la plus solide du monde.

Et, se penchant vers la cuisinière de Gambais, qui, entre un buffet Henri III et deux matelas, figure parmi les pièces à conviction il ajoute :

— La tête d'un homme est comparable à un mur de briques, avec un plâtre en dehors et du papier peint en dedans !

Il se taira toujours lorsque le professeur Raoul Antony s'approchera du banc des jurés avec une boite qui contient des poussières d'ossements et de menus débris qui, selon le savant, ont appartenu à trois crânes au moins. Cependant, lorsque le président lèvera l'audience au milieu d'un grand frisson d'horreur, Landru s'en ira, la démarche moins assurée, le front bas, l'œil éteint. On dirait qu'il a senti la main de la justice s'appesantir lourdement sur son épaule et qu'il a compris que, désormais, malgré son bagout, sa roublardise, ses silences, les contradictions apparentes de certains témoignages, les obscurités qui enveloppent encore plusieurs points de l'accusation. Il n'échapperait pas au châtiment suprême !

Et maintenant l'heure des plaidoyers a sonné.

On entend d'abord Me Lagasse, qui représente la famille d'Anne Pascal, qui s'est portée partie-civile. Me Lagasse est un excellent avocat qui a plaidé dans nombre de causes retentissantes.

Sachant fort habilement faire vibrer la corde sentimentale, il a toutes les qualités, tous les dons nécessaires pour émouvoir le jury. Mais cette fois ce n'est point en faveur de l'accusé qu'il parle. C'est pour défendre la mémoire de la victime. C'est pour réclamer, pour l'assassin, un verdict impitoyable. Il obtient un grand succès ; on l'applaudit. Le président menace de faire évacuer la salle si ces manifestations se renouvellent.

Quant à Landru, il semble quelque peu désemparé. Néanmoins, il fait encore bonne contenance et, lorsque, drapé dans sa robe rouge, l'avocat général se lève pour requérir, il dirige vers lui un regard dont il s'efforce de bannir les inquiétudes. Il semble penser :

— Je sais ce que tu vas dire, je t'attends et mon avocat te répondra.

Il est regrettable que le réquisitoire de ce grand magistrat qu'est Robert Godefroy n'ait pas été sténographié, car ce fut un modèle du genre. Commencé presque en douceur, avec modération, mais avec une précision de faits et de termes, qui donnaient à chacun des arguments de l'accusation une force irrésistible, il s'élevait bientôt à la hauteur d'une admirable philippique,*(Réquisitoire, diatribe, discours violent), qui allait secouer toute l'assistance, y compris les snobs et toutes les snobinettes du public d'une émotion profonde, hommage inappréciable, non seulement au talent mais au caractère de M. Godefroy que, quelques jours auparavant, au cours d'un conflit assez sévère, Me de Moro-Giafferi apostrophait en ces termes :

— Honnête homme que vous êtes !

Et lorsque, dans une péroraison où, d'une grande envolé, le défenseur de la Société réclama la tête de celui qui avait eu la cynique insolence de lui déclarer, quelques jours auparavant, qu'il regrettait de n'en avoir qu'une à lui offrir, ce ne furent point des bravos bruyants qui éclatèrent, mais des murmures approbatifs et unanimes, le cri de toutes les consciences qui s'étaient élevés à la hauteur de celle du justicier !...

Jamais, peut-être, encore, au cours de sa si brillante carrière, Me de Moro-Giafferi n'avait eu une tâche plus difficile à remplir.

Debout, fort pâle, les mains posées à plat sur la barre, il prit un long temps ; son profil, d'un mouvement sec paru s'accrocher à quelque chose dans l'espace, et il commença, en s'efforçant de semer le doute dans le jury, usant tantôt des arguments les plus subtils de droit et de morale, se laissant tantôt emporter par de superbes et longs oratoires qu'une voix harmonieuse et puissante rendaient encore plus impressionnants, Moro-Giafferi se montra supérieur à lui-même, et quand il eut terminé, un stagiaire s'écria :

— C'est un de ces plaidoyer qui marque une date.

Le jury se retirait dans la salle des délibérations. Les six gendarmes, qui entouraient Landru, l'entraînaient dans la salle d'attente réservée aux accusés, et tandis que magistrats, défenseurs, jurés, reporters s'éloignaient de la salle, la foule, cramponnée aux murs, aux bancs, aux barrières, se mit à manger, en riant et en chantant.

Tout Paris était là, comme hânté par le vertige de la mort : « Les lustres zébraient les murailles de grandes ombres dansantes. Au bas, c'était un bouillonnement de cuve, une seule rumeur qui montait parfois en un rire de femme chatouillée. On mangeait, des gendarmes passaient des sandwiches, on dévalisait les bars. Les comédiennes buvaient au goulot des litres et, sur tout cela, une poussière d'orage. » *(Le procès Landru, par Henri Béraud).

Deux heures passèrent ainsi. Enfin, un cri retentit !

— La Cour !

Tout se tut. Les jurés entrèrent, blêmes, impénétrables, sous les yeux de mille gens qui n'avaient plus qu'un regard. Puis, l'on vit le président du jury, debout, la main sur le mur, un feuillet tremblant devant le visage.

— Sur mon honneur et sur ma conscience, fit-il, ma réponse est oui sur toutes les questions.

Il n'y avait pas de circonstances atténuantes.

Le président donna l'ordre, alors, d'introduire l'accusé.

« C'est alors, nous dit toujours Henri Béraud, que se produisit l'abject mouvement de cette foule. Ces gens, hommes et femmes, bondirent sur leur siège, afin de mieux voir sur le visage de Landru passer l'ombre de la fin. On criait : assis ; je ne vois rien ! »

Quant à Landru, en entendant le verdict qui le condamnait à avoir la tête tranchée en place publique, il ne broncha pas, et se tournant vers son défenseur, il lui dit :

— Merci, maître. Si j'avais pu être sauvé, c'eût été par vous.

Comme le tumulte grandissait, l'avocat général Godefroy, n'y tenant plus, se dressa et tourné vers la salle, furieux, il cria de toutes ses forces :

— Voyons !... Misérables !... Allez-vous faire silence ! ne voyez-vous pas qu'il y a ici un homme qui va à la mort !

Mais c'était Landru qui devait avoir le mot de la fin.

— Dans toutes tes batailles, fit-il, il y a des tués !

Après avoir, une dernière fois, affirmé son innocence, il sortit en boutonnant son pardessus et après s'être assuré que ses lunettes étaient bien dans sa poche.

EPILOGUE

Le 25 février 1922. au jour naissant, devant la porte de la prison de Saint-Pierre, à Versailles. M. Deibler et ses aides achevaient de monter la guillotine.

« Aidé de son niveau d'eau, en bon ingénieur, Monsieur de Paris, rectifiait l'équilibre de sa machine qui dressait bientôt ses deux bras noirs vers les étoiles. Sur une place bien dégagée, face aux murs blancs de la geôle provinciale, la Veuve donnait l'illusion d'une extraordinaire hauteur. »*(L'exécution de Landru, par André Salmon)

A cinq heures vingt-cinq, les magistrats pénétraient dans la cellule de Landru Lorsque le substitut, après l'avoir réveillé, lui dit :

— Ayez du courage !

Landru répliqua :

— Soyez tranquille. J'en aurai !…

Apercevant son défenseur, il lui prit les mains en disant :

— Maître, je vous remercie, je vous ai donné bien de la peine, et vous avez défendu une cause bien difficile, disons-le, désespérée.

Et tout en passant son pantalon noir, il ajouta :

— Enfin ! Ce n'est pas la première fois, ni la dernière fois que l'on condamne un innocent.

Le substitut demandait :

— Avez-vous une déclaration à faire ?

— Aucune ! répliquait le condamné. Je tiens même la question pour injurieuse, puisque je suis, innocent, oui, je le maintiens, le suis innocent...

Après avoir refusé le verre de rhum et la cigarette traditionnels, il dit au prêtre qui lui demande s'il veut entendre la messe :

— Je crois qu'il importe surtout, à présent, de faire vite.

Il reprit simplement :

— Et puis, je ne veux pas faire attendre ces Messieurs.

On l'emmène au greffe de la prison, où les aides du bourreau se livrent à sa toilette suprême.

Landru, n'a plus que quelques secondes à vivre.

La porte noire s'ouvre à deux battants. Le voici, précédé du bourreau et flanqué de ses aides. Son cou est nu, le col de sa chemise blanche largement échancré, mais le ciseau de Deibler lui à laissé sa fameuse barbe ; il est très pale, mais il ne flanche pas. Tout le maigre petit corps est tendu, jusqu'aux lèvres même, bandé comme une corde d'arc ; Landru, que l'aumônier a suivi jusqu'au seuil, regarde franchement la guillotine. Il a franchi deux mètres et il s'est arrêté. Ses yeux brillent une dernière fois de cet éclat qui a laissé incertains les meilleurs psychologues. On le saisit, il est précipité sur la bascule ; mais le maigre Landru est si léger que malgré la rude poussée, le poids du corps ne fait pas jouer automatiquement l'appareil. Une seconde au moins s'écoule. Mais le bourreau ne perd pas de l'œil sa manette ; le couperet a chu. Le bruit... ce bruit terrible, unique, du lourd couteau déclenché...

A-t-on seulement vu ? Peut-on l'affirmer ? En un éclair, tout est terminé il est six heures quatre minutes.

Les aides opèrent l'enlèvement du panier brillant de goudron frais. Les gendarmes à cheval entourent le fourgon dans lequel se hisse en dernier, le gérant des pompes funèbres : en route pour le cimetière.

Landru est mort mais le Barbe-Bleue de Gambais vient d'entrer dans la légende et, peut-être hélas ! aussi dans l'immortalité.

FIN